Plan Bahamas

DE LIVI DREEM
AUX ÉDITIONS CHERRY PUBLISHING

Je t'aime… Moi, non plus !
Shades of Love

Nos ouvrages sont également disponibles
au format numérique.

Retrouvez notre catalogue sur :
www.cherry-publishing.com

LIVI DREEM & STEFF ANYE

Plan Bahamas

Cherry Publishing

Première édition : juin 2023

ISBN : 978-1-80116-588-4

Prologue

Se faire larguer devant l'autel ?

Check.

Avoir le cœur brisé ?

Re check.

Se barrer avec le témoin du marié (son ex-fiancé, enfin, son ex tout court) en lune de miel ?

Re re check.

Avez-vous déjà éprouvé l'horrible sensation que votre vie vous filait entre les doigts ? Qu'en une fraction de seconde, tout s'effondrait ?

Eh bien, la mienne a vrillé en moins de temps qu'il n'en faut pour le dire. Tout cela à cause de quoi ? Je vous le donne en mille : un mec. C'est d'un pathétique.

Et comment je suis tombée plus bas ? À cause d'un autre mec, bien entendu. Sinon ce n'est pas drôle, hein.

J'ignore ce que j'ai pu faire dans une vie antérieure pour hériter d'un tel karma, mais j'ai sacrément dû déconner ! J'avais tout pour être heureuse : un homme qui m'aime, une situation amoureuse et professionnelle stables, un bel appart dans un quartier très sympa de New York – et ce n'est pas donné à tout le monde, vous pouvez me croire –, et une famille aimante.

Mais c'était avant. Avant que je m'aperçoive que l'homme en question était un con qui me planterait lâchement devant l'autel en présence de tous nos invités, et que mon entourage remette en question mes choix de vie – vendre mon corps, en tout bien tout honneur je vous rassure, n'est pas au goût de ma mère entre autres choses… –. En gros, avant que je me prenne une claque monumentale.

Alors oui, me faire la malle deux semaines en compagnie de l'un des plus proches amis de mon ex, n'était peut-être pas une idée lumineuse, je le conçois. Cependant, pour ma défense, j'étais bourrée.

Ouais, naze comme excuse, j'en ai conscience, néanmoins, à ma décharge, j'avais passé une mauvaise journée. Une TRÈS TRÈS mauvaise journée même.

Le truc, c'est que je ne m'étais absolument pas attendue à ce que ce mec chamboule à ce point mon existence, ni à ce que je ressentirais en sa présence. Vous savez, ces fameux petits papillons qui vous retournent le ventre. Ou qui n'ont simplement rien à voir avec lui, mais plutôt tout à voir à une foutue insolation à force de me dorer la pilule sous le soleil des Bahamas en sirotant des cocktails.

Oui, le soleil et les mojitos, c'est la seule explication !

Blake

Mon cœur bat la chamade, ma respiration devient saccadée.

Moi, stressée ?

N'importe quoi. C'est juste cette fichue robe qui me comprime la cage thoracique à un tel point que je risque de tourner de l'œil d'une seconde à l'autre. Nan, mais j'ai pris quinze kilos depuis le dernier essayage ou quoi ?! Pourtant, j'ai mis un point d'honneur à ne pas mettre un orteil dans une pâtisserie, car les muffins aux myrtilles et moi… c'est une putain d'histoire d'amour qui vire bien trop souvent à l'orgie. D'ordinaire, ça ne me pose pas le moindre souci d'avoir les hanches enrobées et plus si affinités, mais là, tout de suite, ça ne m'arrange absolument pas.

Je me redresse, m'observe dans la psyché qui trône au centre de la pièce, une sorte de débarras aménagé sommairement mis à la disposition des mariés pour… décompresser ?

avant le moment fatidique, et… merde. La nana qui me fait face est vraiment jolie vêtue de cette robe immaculée de style bohème et avec cette couronne de fleurs qui orne sa chevelure sombre.

– Tu es magnifique, ma chérie, murmure ma mère, des trémolos dans la voix.

Elle avance dans ma direction, sa longue natte brune se balançant dans son dos, me saisit par les épaules afin de m'attirer à elle et pose son menton sur l'une d'elles. Ses yeux caramel brillent d'émotions lorsqu'ils rencontrent mon reflet dans le miroir.

Je lui adresse un sourire, du moins, quelque chose qui s'en approche. Je suis fille unique, et ma mère, en grande romantique, a toujours rêvé du jour où je remonterais l'allée jusqu'à l'élu de mon cœur.

– Prête ? me demande-t-elle avec douceur.

J'inspire puis expire longuement avant d'acquiescer. Mon rythme cardiaque semble toujours aussi anarchique, cependant, l'idée de retrouver Tyler devant l'autel d'ici quelques minutes me rassérène quelque peu. Nous deux, c'est une évidence.

Je me souviens du jour où nous nous sommes rencontrés comme si c'était hier, de sa belle gueule de beau gosse arrogant persuadé que je terminerais dans son lit. Tyler était l'archétype même du mec que je ne peux pas blairer : trop sûr de lui, tombeur et j'en passe.

Spoiler alert : j'ai fini par succomber. Puisque dans le cas contraire, je ne m'apprêterais pas à me laisser passer la bague au doigt, hein ? Mais je vous rassure, il a ramé avant que je ne fasse la connaissance de ses draps. J'esquisse un petit sourire en y repensant.

Je me détourne enfin du miroir et me dirige vers la porte, ma mère sur les talons.

Dès que j'émerge de mon refuge, mon père apparaît sur le seuil, et la fierté que je lis dans son regard gonfle mon cœur de joie. C'est si étrange de le voir si heureux, de voir son visage marqué de légères rides s'éclairer ainsi, lui conférant un air plus jeune, lui qui est très taciturne d'ordinaire. Alors quand il me tend son bras, je m'empresse de m'en emparer.

Néanmoins, le brouhaha qui provient de la nef me rappelle que des centaines de personnes y ont déjà pris place, prêtes à assister au plus beau jour de mon existence, et mon foutu palpitant déconne de nouveau.

Respire, Blake, respire ! On ne te conduit pas à l'abattoir !

Mais rien n'y fait. J'ai la sensation que plus mes pas me rapprochent de Tyler, plus mon ventre se tord.

Merde. Est-ce ma conscience qui se manifeste ? Une sorte de sixième sens qui me hurle que je m'apprête à commettre une belle connerie ?

Impossible. Tyler est l'homme de ma vie, et à l'instant où je l'apercevrai, beau comme un dieu dans son costume à m'attendre devant l'autel, je suis persuadée que l'angoisse qui me noue l'estomac s'envolera comme par magie.

Or il y a un hic. Oh, un minuscule hic de rien du tout : Tyler n'est pas là.

– Où est Tyler ? questionné-je mon père d'une voix assez forte afin qu'il m'entende malgré la marche nuptiale que l'orchestre, perché sur le balcon, entame soudain.

L'ensemble des invités se lèvent, guignent vers moi en chuchotant et j'imagine sans mal ce qui anime leurs conversations. Non, mais depuis quand la future mariée se pointe au mariage sans que le fiancé ne soit déjà dans les parages ? Ah si, j'ai déjà vu une scène similaire dans un film, *Very Bad Trip*, je crois, et à cette seconde, j'éprouve une immense empathie pour la nana qui attendait désespérément que sa moitié la rejoigne.

Sauf que ma vie n'a rien à voir avec un film, et je ne suis pas l'héroïne d'une mauvaise comédie romantique. Alors, je jure que si Tyler ne ramène pas ses fesses immédiatement, je l'enfermerai moi-même sur un toit pour qu'il y pourrisse[1] !

– Je suis certain qu'il ne va pas tarder, chérie, répond mon père en esquissant des petits signes convenus à des connaissances. Il n'a jamais été très ponctuel, poursuit-il sur un ton de reproche.

Certes. J'admets que la ponctualité n'a jamais fait partie de la liste des qualités de mon fiancé, mais j'avais espéré que pour le jour de notre mariage, il forcerait sa nature… Alors il a intérêt d'avoir une excuse en béton armé pour me faire un coup pareil.

– Et personne n'a jugé utile de me prévenir qu'il n'était pas arrivé ?

Je déglutis difficilement, offre un sourire forcé à l'assemblée. Les rayons du soleil filtrés par les magnifiques vitraux colorés octroient à l'église une allure féerique qui contraste foutrement avec mon chaos intérieur.

– Nous avons estimé que les invités avaient déjà assez attendu, rétorque-t-il simplement.

Génial.

Je risque de vivre la honte de ma vie, parce que, je cite : « les invités avaient déjà assez attendu ».

Mes doigts se crispent autour du bras de mon père quand nous parvenons au pied de l'autel comme s'ils se cramponnaient à une bouée de sauvetage. Mais il ne semble pas percevoir mes signaux de détresse, et m'embrasse sur la joue avant

1 - Référence au film *Very Bad Trip.*

de me laisser devant le pasteur dont les yeux dégoulinent de pitié. À croire que je ne suis pas la première à subir un tel… contretemps, et cette constatation ne m'apaise absolument pas. Au contraire.

Je grimpe les marches pour prendre place aux côtés de Tia, ma meilleure amie, et accessoirement demoiselle d'honneur, qui se tortille dans sa robe pastel, visiblement mal à l'aise. Alors quoi, tout le monde se doute que je vais me prendre le râteau du siècle ?

Je l'interroge du regard, priant pour qu'elle détienne une quelconque information qui infirmerait l'horrible vérité qui tente de s'imposer à moi, mais l'expression perdue de son beau visage démontre qu'elle en sait aussi peu que moi.

Je pivote alors vers Hayden, le témoin de Tyler, qui m'observe avec un éclat étrange dans ses pupilles turquoise. Hayden est photographe, je suis passée devant son objectif il y a plusieurs années, et c'est grâce à lui que j'ai rencontré Tyler. Alors bien qu'il soit ami avec mon fiancé, je ne connais que peu de choses à son sujet, et la seule dont je suis sûre le concernant, c'est qu'il ne peut pas m'encadrer pour une raison que j'ignore. Probablement parce que *monsieur je baise tout ce qui bouge et je change de copine aussi souvent que je change de boxer* n'a pas supporté que je lui pique son acolyte de débauche. Allez savoir. Les mecs ont tendance à avoir des réactions bizarres dès qu'on a le malheur de bousculer leur routine « parties de jambes en l'air – jeux vidéo – soirées entre potes ».

J'empoigne ma robe, la soulève de quelques centimètres afin de ne pas marcher dessus et de ne pas me rétamer tandis que je m'approche de lui.

– Tu n'as pas quelque chose à me dire, par hasard ? chuchoté-je.

Hayden est grand, bien plus que moi, et est contraint de s'incliner afin de me répondre :

– Et que voudrais-tu que je te dise, Blake ?

– Ton job était simplement d'amener mon fiancé à l'église, répliqué-je, acerbe. C'était si compliqué ?

Il contracte les mâchoires, passe une main dans ses cheveux bruns sans se soucier une seule seconde de les décoiffer.

– Il m'a assuré qu'il me rejoindrait. Je suis son pote, pas sa baby-sitter !

Je me retiens de lui en coller une et me détourne aussitôt de lui pour ne pas céder à la tentation. Hayden ne m'apprécie pas, OK, mais juste pour aujourd'hui, il aurait pu oublier momentanément l'animosité que je lui inspire et ne pas laisser mon fiancé s'évaporer dans la nature.

Mes yeux vagabondent distraitement sur la foule avant de fixer avec insistance l'entrée dont les portes sont restées ouvertes. Qu'est-ce que j'espère ? Que Tyler va apparaître comme par enchantement, accourir vers moi, se répandre en excuses et me déclamer son amour ?

Tu n'es pas dans une putain de comédie romantique à la con, Blake !

Ouais. Je dois me rendre à l'évidence : je viens de me faire larguer devant l'autel.

Après avoir pleuré toutes les larmes de mon corps, j'ai décidé de prendre une cuite. Mon crédo du moment tient en quelques mots : boire pour oublier. Et ça tombe bien, l'hôtel dans lequel devait se tenir la réception dispose d'un bar. Alors, je compte bien enchaîner les shots de tequila jusqu'à ce que je sois tout bonnement incapable de me souvenir de mon propre nom.

– Tu devrais ralentir la cadence, intervient Tia en me subtilisant le verre que je m'apprêtais à porter à mes lèvres.

Elle ébouriffe sa crinière frisée, tente de dompter cette masse brune en y glissant tant bien que mal ses longs doigts manucurés avant de capituler.

– Je ne crois pas, non, riposté-je en récupérant mon précieux.

J'avale le liquide alcoolisé d'une traite, et grimace. Tia secoue la tête, dépitée, avant de m'imiter.

– Je t'avais prévenue que ce n'était qu'un connard.

Je retourne le verre avec force sur le comptoir, l'aligne avec le reste de ses petits frères dont j'évite de compter le nombre. Je suis minable de me mettre minable pour un mec qui l'est, de toute évidence, tout autant.

– Ça m'aide vraiment, merci, raillé-je.

Tia abandonne sa consommation, m'enlace avec tant d'ardeur que mes côtes risquent d'exploser. Mais la chaleur de son étreinte est plus que bienvenue, comme si elle comblait ce vide que je ressens depuis maintenant quelques heures. Vais-je éprouver cette sensation atroce constamment ? Cette impression que rien ni personne ne parviendra à le colmater ? Cependant, au creux de ses bras, je me sens moins seule.

– Je suis désolée, chérie… Qu'est-ce que tu comptes faire maintenant ?

Pour toute réponse, je pousse un long soupir de tristesse mêlée de dépit. Tyler a balayé trois ans de relation en une fraction de seconde, et je n'ai absolument pas la force de retourner dans notre appartement. Être de nouveau confrontée à tous nos souvenirs… Je ne m'en sens pas capable, c'est beaucoup trop tôt pour moi.

– J'en sais rien, admetté-je en secouant la tête. J'ai besoin de faire le point. En réalité, il faudrait que je me barre d'ici quelque temps, je ne veux pas me retrouver nez à nez avec *lui*.

Elle me serre l'épaule pour me témoigner sa compassion.

– Il ne t'a pas rappelée ? demande-t-elle d'une voix douce.

– Il a même filtré mes appels, précisé-je.

– Le con !

Sans blague.

Je réclame un nouveau shot au barman, auquel j'accorde un sort identique à ceux qui s'accumulent devant moi. Je crois que l'alcool commence à faire son petit effet. Je ne perçois même plus la musique qui crache dans les baffles de la salle attenante dans laquelle j'aurais dû me déhancher jusqu'au bout de la nuit, heureuse et mariée à l'homme que j'aime.

D'un commun accord avec mes parents et ceux de l'enfoiré qui m'a brisé le cœur, nous avons demandé aux invités de se rendre à la soirée. Tout avait déjà été réglé, du DJ au traiteur, alors ça aurait été dommage de ne pas en profiter, hein ? D'ailleurs, je suis convaincue qu'ils s'éclatent tous comme des petits fous là-bas, tandis que je noie mon chagrin, affalée sur le comptoir. Quelle bonne idée d'avoir choisi l'option *open bar*, tiens ! Et dire que demain, j'aurais dû m'envoler vers une destination de rêves pour notre lune de miel…

Soudain, ça fait tilt dans mon esprit saturé de vapeurs d'alcool. Ce n'est pas parce que l'autre crétin m'a plantée à l'église que je ne peux pas aller me dorer la pilule au soleil !

– Toi et moi, à siroter des cocktails sous les palmiers des Bahamas, ça te dit ? proposé-je tout à coup à Tia.

Elle me fixe avec des yeux ronds, ne voyant pas où je veux en venir.

– Attends… on parle de ton voyage de noces, là ?

– Affirmatif. Deux semaines entre copines à profiter de notre célibat !

Je lève subitement les bras en l'air pour manifester la joie que m'inspire cette idée, mais j'y mets tant d'entrain que je perds l'équilibre.

Quelqu'un peut m'expliquer pourquoi j'ai gardé ma robe de mariée sur moi, au juste ? Car apparemment, le combo satin et tabouret en bois ultra élimé, ça ne fait pas vraiment bon ménage. Cependant, je ne termine pas les fesses au sol, ce qui m'aurait délesté du peu de dignité que je conservais encore, et suis rattrapée par deux mains puissantes qui se plantent sur ma taille et me réinstallent d'emblée à ma place.

Je me tourne vers mon sauveur, et déchante sitôt que je reconnais les iris au bleu incroyable qui me font face.

Hayden, qui d'autre ?

Ma soirée n'était pas encore assez pourrie décidément, puisqu'il s'accoude au bar juste à côté de moi.

– Alors ? m'enquiéré-je en me désintéressant de l'indésirable.

– Impossible, Blake, je suis blindée de shootings en ce moment, et tu sais comment c'est… je ne peux pas tout foutre en l'air pour deux semaines de vacances avec toi, aussi géniales qu'elles puissent être, répond Tia en grimaçant.

– Nan, j'sais pas comment c'est, non.

Il n'y a pas d'amertume dans ma voix, juste un constat qui résonne. Tia est mannequin, le genre magnifique et élancée qui défile sur les podiums. Une belle brune à la peau mate qui fait ressortir à merveille ses yeux émeraude impertinents et qui ne laisse aucun homme indifférent. On s'est rencontrées lors d'un casting où j'ai eu l'audace de penser que j'avais une chance d'être retenue, mais c'est Tia qui a été choisie.

Oh, je ne lui en tiens pas rigueur, car mon truc à moi est vachement cool également : mannequin détail. En gros, je suis trop petite et trop large selon les standards à la con, mais certaines parties de mon corps sont assez sympas pour être photographiées et placardées ci et là, et en plus, ça rapporte pas mal. Vous vous souvenez de la dernière couverture de Vogue ?

Eh bien, les fesses de J.Lo, en réalité c'étaient les miennes. Ça vous en bouche un coin, je parie.

– Il faut que j'y aille, Blake, il est déjà deux heures du mat' et je crois qu'on se bourre la gueule depuis plus de trois heures…, m'annonce mon amie en jetant un œil à l'écran de son téléphone. Mais je ne veux pas te laisser seule.

– J'ai une chambre réservée ici, je devrais être en mesure de trouver le chemin de la suite nuptiale.

– Vu ton état, je n'en suis pas persuadée, réplique-t-elle avec une moue dubitative.

– Je vais la surveiller, intervient une voix grave dont j'avais oublié l'existence.

Je me tourne vers Hayden avec lenteur. Ce dernier se contente de triturer son verre sans même m'accorder un regard.

– Super ! s'exclame Tia en tapant dans ses mains. Mais arrête de boire, chérie, ton foie ne survivra pas à ce rythme.

Elle me dépose un baiser sur le front avant de s'éclipser.

Lâcheuse.

Cette journée est définitivement surprenante, et pas dans le bon sens du terme, cela va de soi. Un mariage raté qui se termine en tête-à-tête avec le pote de mon ex qui ne me porte pas dans son cœur.

« Ex ».

C'est tellement étrange d'attribuer ce qualificatif à Tyler.

– Je croyais que tu n'étais pas une baby-sitter, persiflé-je soudain.

– Pour toi, je peux faire un effort, rétorque Hayden sur le même ton. T'as passé une sale journée.

Je pose un coude sur le comptoir, puis mon menton au creux de ma paume afin d'observer mon nouveau comparse de beuverie. Ses cheveux sont en bataille, son visage, dénué d'expressions comme si le reste du monde l'indifférait au plus haut point, sa chemise, entrouverte sur son torse que je jurerais musclé et débraillée. En un mot, ce mec est négligé et a l'air de s'emmerder de pied ferme, alors je me demande ce qu'il fiche encore dans les parages. Quoi que… je suis convaincue qu'intérieurement, il se réjouit du spectacle affligeant que j'offre.

– Tu jubiles, pas vrai ?

Il arque un sourcil, perplexe.

– Tu te trompes. Tyler est un gros con, tu ne méritais pas qu'il te plante de cette manière.

Je reste un instant interdite face à ses propos, avant d'éclater de rire, ce qui accentue l'air dubitatif qui imprègne ses traits.

– Je pense que c'est la chose la plus gentille que tu m'aies dite.

– Je peux être surprenant, assure-t-il. T'étais sérieuse lorsque tu affirmais vouloir partir en lune de miel ?

– J'estime avoir gagné le droit de prendre du bon temps loin de toute la merde qu'est ma vie à l'heure actuelle, confirmé-je avec conviction.

Hayden incline la tête en signe d'approbation.

– Il te reste un billet, non ? s'enquiert-il en s'emparant d'une bouteille de whisky derrière le bar dès que le barman a le dos tourné.

Il remplit un verre qu'il fait glisser jusqu'à moi avant de s'en servir un.

– Exact. Et ?

– Et j'ai besoin de vacances. Je me suis dit qu'un peu de compagnie te serait bénéfique.

Cette fois, j'explose d'un rire suintant d'ironie. Hayden et moi, en lune de miel ? Impossible.

– Ne le prends pas mal, mais non. T'avoir dans les pattes deux semaines n'est pas vraiment ma définition de « vacances de rêves ».

– Allez, Blake. Je viens de me faire larguer, encore, je sais. Alors ne me force pas à te supplier.

Un sourire diabolique étire aussitôt mes lèvres.

– J'adorerais que tu me supplies, justement, déclaré-je.

Hayden ébouriffe ses cheveux tout en se mordant la lèvre comme pour se retenir de me balancer une vacherie.

– Tu l'auras voulu.

Il abandonne son siège pour se positionner à genoux devant moi et m'attrape les mains.

– Blake Dawson, reprend-il d'un timbre solennel. Je jure de me tenir correctement, de me plier à ta volonté et…

– Stop ! m'écrié-je. Et redresse-toi. Les mecs qui se mettent à genoux, ça me traumatise, ajouté-je, dégoûtée.

– Accepte ?

Une moue adorable se peint sur son visage et je sens qu'il est à deux doigts de me la jouer à la Chat Potté.

– Tu ne m'apprécies même pas, remarqué-je.

– Mais j'apprécie fortement les Bahamas, riposte-t-il du tac au tac. Et je te promets qu'avec moi, tu parviendras à te changer les idées.

Je fronce les sourcils.

– Vraiment ?

– Je t'ai arraché deux rires en moins d'une demi-heure, Dawson. Je suis persuadé que tu n'imaginais pas rire aujourd'hui.

Un point pour lui. Hayden m'agace, néanmoins, alcoolisée, je suis forcée de reconnaître qu'il est bien plus supportable. Mais il se plante sur une chose : ce que je n'imaginais absolument pas aujourd'hui, c'était la réponse que j'allais lui apporter.

2

Hayden

Déjà cinq minutes que je tambourine contre la porte de sa chambre d'hôtel à m'en péter les jointures pour qu'elle daigne enfin m'ouvrir. Vu l'état dans lequel je l'ai laissée hier soir, j'espère qu'elle n'a pas fini par sombrer dans un coma éthylique.

Dans moins de deux heures, nous serons dans l'avion qui doit nous mener aux Bahamas. Et oui, grâce au dieu de l'alcool, j'ai réussi à obtenir l'accord de Blake pour qu'elle m'emmène avec elle dans l'une des destinations que je rêve de visiter depuis que je suis gamin. D'ailleurs, j'en avais fait part à Tyler qui n'a pas trouvé mieux que de me piquer l'idée pour son voyage de noces, comme si c'était devenu une habitude chez lui de me narguer avec ce que je convoite.

Avant ça, il y a eu Blake, cette fille au charme fou et au tempérament de feu qui m'avait tapé dans l'œil lors de notre premier shooting photos ensemble. Tyler m'avait rejoint au studio lors d'une séance avec Blake, avant une sortie prévue avec notre bande de potes. Il savait qu'elle me plaisait, car je lui en avais parlé à de nombreuses occasions, mais ça ne l'a pas dérangé de la draguer ouvertement devant moi et d'attirer son attention. Il est certes mon ami, mais son ego surdimensionné le pousse parfois à agir de façon égoïste.

Rapidement, j'ai compris que mon pote avait plus de chance que moi d'obtenir ses faveurs. Et quand ils ont finalement commencé à sortir ensemble, quelque chose s'est brisé entre Tyler et moi, car à aucun moment il s'est soucié de ce que je ressentais pour elle. Malgré tout, il reste le pote que je connais depuis le plus longtemps et avec qui je passe de bons moments lors de nos soirées. Alors j'ai préféré mettre cette histoire de côté, même si elle me reste en travers de la gorge, dans le but de préserver notre cercle d'amis. Et lorsqu'il m'a demandé d'être son témoin, je n'ai pas su refuser. J'étais pour lui son ami le plus proche et ça lui tenait à cœur que je l'accompagne pour cet événement. Et puis, assister de près à leur union devait m'aider à tirer définitivement un trait sur Blake. Du moins, c'est ce que je pensais.

Depuis que Blake a succombé aux charmes de Tyler, bien malgré moi, je ne peux m'empêcher de la comparer à toutes les filles que je fréquente. Et si je ne parviens pas à m'investir dans une relation sérieuse, c'est probablement parce qu'une petite brune aux yeux mordorés hante mes pensées un peu trop souvent à mon goût.

Pourtant, j'ai tout mis en œuvre pour la repousser, me désintéresser d'elle en adoptant une attitude froide et distante. Elle a toujours cru que je la détestais, alors que c'est tout le contraire. Je sais que c'est assez puéril comme comportement, mais c'est le seul que j'ai trouvé pour me la sortir de la tête.

– Blake ! Ouvre-moi, on va finir par être à la bourre ! criéje depuis le palier pour qu'elle se réveille enfin.

Je parviens à entendre des grognements et des bruits sourds

comme si on déménageait la chambre. La porte s'ouvre avec fracas sur la mine déconfite de Blake, qui ressemble plus à une figurante s'étant échappée du casting de *The Walking dead* [2] qu'à la magnifique mariée d'hier.

– Putain, mais c'est quoi ton foutu problème à venir démonter ma porte à une heure pareille ? Laisse-moi dormir ! s'exclame-t-elle en me fusillant du regard.

– Je te signale qu'on a un vol dans moins de deux heures, alors si le mort-vivant qui va me tenir compagnie pendant ces deux prochaines semaines veut bien se donner la peine de s'activer, ça m'arrangerait ! rétorqué-je.

– On peut savoir qui tu traites de mort-vivant, au juste ? Et puis de quel vol tu parles ?!

– Je constate que l'alcool t'a laissé de sérieuses séquelles, Dawson ! Si j'te dis lune de miel, Bahamas…

Elle me fixe la bouche grande ouverte, tellement qu'elle pourrait gober des mouches. Elle tente de comprendre les mots qui franchissent mes lèvres. Je crois qu'on a un peu trop abusé de la boisson hier soir. Autant moi, je peux tenir la cadence, autant Blake a l'air d'avoir complètement zappé cette partie de la soirée.

– Aux dernières nouvelles, j'me suis faite larguée devant l'autel, alors pourquoi tu me parles d'une foutue lune de miel ? Si t'es là pour enfoncer le clou et me pourrir cette journée, je passe mon tour. Va emmerder quelqu'un d'autre, tu veux ? Ton pote qui n'est qu'un sale enfoiré par exemple !

La bonne nouvelle, c'est qu'elle n'a pas oublié le fiasco de son mariage, mais la mauvaise, c'est qu'elle a visiblement occulté le fait qu'elle doit partir avec moi aux Bahamas.

– Dawson, tu te rappelles ? Tu as décidé de partir malgré tout en lune de miel et de profiter de ces deux semaines de repos bien méritées.

---

2 - Série télévisée mettant en scène de charmants zombies.

Je prends une grande inspiration avant de poursuivre mes explications, qui, j'en suis sûr, risquent de lui faire péter un plomb :

– Et tu as accepté que je t'accompagne dans cette folle aventure !

J'y mets tout mon entrain et ma bonne humeur en dévoilant toutes mes dents pour qu'elle ne change pas d'avis. Et pour être certain qu'elle ne refusera pas, je l'attaque sur un de ses points sensibles : sa fierté !

– Ne m'dis pas que tu as oublié ? Moi qui pensais que tu tenais bien mieux l'alcool que ça, raillé-je.

Comme je l'avais parié, elle fronce les sourcils et réfléchit à toute allure avant de me répondre. Au fond de ses yeux fatigués et gonflés d'avoir trop pleuré, j'arrive à y déceler de la colère et de l'incompréhension sur la tournure qu'a pu prendre cet événement qui aurait dû être l'un des plus beaux jours de sa vie.

– Non… Je m'en souviens parfaitement, assure-t-elle.

Je ne parviens pas à me retenir d'éclater de rire en voyant sa tête de panda, son mascara ayant coulé et accentué ses cernes. Partir avec moi en lune de miel devait être la dernière chose à laquelle elle s'attendait, surtout après ce qui s'est passé hier.

– On peut savoir ce qui te fait marrer ? peste-t-elle avec vigueur.

– Ta tête ! File sous la douche et rejoins-moi à l'accueil dans vingt minutes, et pas une de plus ! En plus de ton mariage, ce serait dommage de louper aussi ta lune de miel.

C'est petit, je sais, seulement c'est plus fort que moi. On a tellement pris l'habitude de se balancer des crasses à la tronche, que c'est devenu notre mode de communication. Cependant sur ce coup, j'aurais mieux fait de tourner sept fois la langue dans ma bouche, surtout quand je vois ses yeux s'humidifier.

– Je suis désolé, Blake, ce n'est pas ce que je voulais dire. Ça m'a échappé…

J'ai à peine le temps de terminer ma phrase que je me retrouve nez à nez avec la porte. À deux millimètres près, je me la prenais en pleine face.

OK, on va laisser l'hybride mi-mort-vivant mi-panda reprendre forme humaine et l'attendre sagement à l'accueil.

Lunettes noires vissées sur son nez, Blake fait enfin son apparition habillée d'un micro-short et d'un débardeur minimaliste qui ne laisse plus de place à mon imagination. Ses cheveux sont relevés en un chignon flou dont quelques mèches rebelles caressent sa nuque gracile. Comme hypnotisé par cette vision, je ne parviens pas à détacher mes yeux de ce corps tout en volupté sur lequel je fantasme depuis si longtemps. Je ferme la bouche avant qu'un filet de bave ne s'écoule et je tente de reprendre mes esprits en la rejoignant.

– Madame est enfin prête ? lui demandé-je avec un soupçon de raillerie dans la voix.

– Parle moins fort, je t'en prie, ma tête va exploser. Ou encore mieux : tais-toi, surtout si tu comptes m'abreuver de conneries. On n'est pas encore dans l'avion que je sache, je peux toujours partir seule, répond-elle en se massant les tempes.

– Non, tu ne peux pas. Tu t'ennuierais sans moi et ce serait vraiment du gâchis de ne pas faire profiter quelqu'un de ce deuxième billet. Et j'ai comme l'impression que tu n'as plus beaucoup d'options en termes de choix de partenaire. D'autant qu'on a passé un marché hier soir, Dawson, alors ne te débine pas en cours de route.

Ses verres sombres dissimulent ses yeux à cet instant, mais un frisson me parcourt l'échine. Je suis persuadé qu'elle me fusille du regard et qu'elle s'imagine en train de me réduire en bouillie. Je sais qu'elle ne se souvient de rien sur la soirée d'hier, mais ça, elle ne l'admettra jamais. Alors autant profiter de son amnésie pour garder l'ascendant sur elle et lui faire gober ce qui m'arrange comme cette histoire de marché bidon.

Arrivés à l'aéroport JFK de New York, je procède aux changements de nom sur mon billet pour être en mesure de partir avec la mariée déchue. Alors que nous nous apprêtons à enregistrer nos bagages, le rythme de mon cœur commence à s'emballer. Le petit détail que j'avais jusqu'alors occulté, c'est que j'ai la phobie de l'avion et que là, à cet instant précis, mon petit cerveau qui est enfin parvenu à se libérer des derniers effluves d'alcool me le rappelle subitement avec violence. La sueur dévale le long de mes tempes et imbibe mon tee-shirt rapidement. Je suis en nage, et le teint blafard que je dois arborer commence à inquiéter Blake.

– Tout va bien ? s'enquiert-elle avec une réelle empathie qui m'étonne.

– Ça va, juste un peu angoissé à l'idée de passer trois heures en plein ciel.

Blake éclate de rire et prend un réel plaisir à se foutre de ma gueule. Je crois que les rôles viennent brusquement de s'inverser.

– Et dire que tu te foutais de ma tronche, si tu pouvais voir la tienne ! Si tu veux tout savoir, le vert ne te va pas du tout au teint, ajoute-t-elle en pouffant.

J'ignore ses moqueries et me focalise plutôt sur ma respiration devenue chaotique. Tous mes membres tremblent et ma confiance en moi est en train de se faire la malle.

Allez Hayden, tout va bien se passer, respire.

Une fois installés sur nos sièges respectifs, j'essaie de reprendre contenance. Je ne vais quand même pas me ridiculiser devant cette fille qui n'attend que ça pour m'enfoncer un peu plus. Afin de m'aider à réguler les battements anarchiques de mon palpitant, je me concentre sur ce qui se passe sur le tarmac à travers le hublot. Mauvaise idée, j'ai une vue imprenable sur l'aile de l'avion, son moteur, et une foule de scénarios aussi macabres les uns que les autres me submergent sans crier gare.

Des points noirs et quelques petites étoiles voilent ma vision. La voix sourde de Blake parvient difficilement jusqu'à mes oreilles tellement le bourdonnement qui m'assaille est fort. Mais une main chaude pressant la mienne réussit à me reconnecter à la réalité. Mes paupières finissent par s'ouvrir sur le visage surpris de Blake qui paraît anxieuse concernant mon état.

– On n'a même pas décollé, Hayden. Tu es sûr que ça va aller ? Tu veux que j'appelle l'hôtesse pour qu'elle te donne un truc ou autre ?

– Non, ça va… je gère…

Je n'ai pas l'impression d'être très convaincant, mais il faut bien que j'y mette un peu du mien pour la tranquilliser et surtout pour éviter de lui donner matière à me pourrir pendant notre séjour. Mais lorsque le personnel de bord s'active en nous montrant les gestes de sécurité, je ne réponds plus de rien.

Le compte à rebours est enclenché avant que je me retrouve dans le vide à des milliers de kilomètres du plancher des vaches.

*Respire… respire… on fait comment déjà, putain, pour respirer sans avoir l'impression d'*étouffer *?*

Et alors que l'avion amorce son ascension, je ne maîtrise plus mon corps ni la panique qui me submerge. Seules des mains qui m'enserrent les joues et les cris de Blake parviennent à me tirer de ce cauchemar. Lorsque sa bouche s'écrase sur la mienne, j'oublie en une fraction de seconde tout ce qui a provoqué mon agitation et me retrouve propulsé dans une véritable euphorie. Son geste est, certes, complètement incompréhensible, mais terriblement efficace.

3

Blake

Les paupières de Hayden papillonnent un moment avant que son regard ne s'ancre au mien. Je soupire de soulagement lorsque je constate que ses pupilles pétillent de nouveau et que le néant qui les habitait s'est volatilisé. Je n'en reviens pas qu'il nous ait fait une putain de crise de panique ! Mais je peux vous assurer qu'il en entendra parler.

– Je rêve, ou tu viens de m'embrasser ? me demande-t-il avec un foutu sourire insolent plaqué sur les lèvres.

J'ouvre la bouche pour l'envoyer bouler, puis la referme aussitôt.

Euh… il vient de dire quoi, là ?

Hayden semblait si effrayé et je me sentais si impuissante que j'ai agi par instinct, et… ouais. Je l'ai embrassé, bordel. À cette prise de conscience, mes joues se teintent d'un rose si soutenu qu'elles trahissent sans mal mon embarras, ce qui n'échappe pas à mon compagnon de voyage. Je détache mes mains de son visage encore beaucoup trop proche du mien, non sans loucher sur ses lèvres au passage.

– Apparemment, c'était si incroyable que tu en restes sans voix, poursuit-il, malicieux.

– C'était juste pour détourner ton attention et éviter que tu nous pètes une durite pendant le vol, rétorqué-je, piquée au vif. J'ai vu ça dans une série télé, j'ai pensé que ça valait le coup d'essayer et ça a fonctionné visiblement, alors t'emballe pas, mon grand.

Je hausse les épaules afin d'accentuer l'indifférence de mes mots. Je ne sais pas ce qui m'a pris. Moi, embrasser ce mec, sérieux ? Je crois que la tequila ingurgitée hier m'a grillé quelques neurones. Je me renfrogne, et mets un point d'honneur à fixer les publicités qui défilent sur l'écran incrusté dans le siège devant moi.

– Mouais. Je vais seulement retenir que tu as abusé de ma faiblesse, mais je comprends, difficile de me résister.

Je manque de m'étrangler.

– Pardon ? m'écrié-je en pivotant vers lui. J'aurais mieux fait de te laisser t'évanouir !

Hayden s'esclaffe, croise les bras derrière sa nuque dans une attitude décontractée qui détonne avec la terreur qui l'étreignait quelques minutes plus tôt seulement.

– Je t'ai promis de l'animation, Dawson, je tiens parole. On remet ça quand tu veux.

Je secoue la tête, dépitée, et décide de fermer les yeux afin d'occulter cet énergumène pour le restant du vol lorsque l'appareil effectue un bond dans le vide. La main de Hayden s'empare aussitôt de la mienne et la cloue sur l'accoudoir central. Je suis sur le point de lui balancer une vacherie, cependant, la mine apeurée qu'il affiche me retient.

Merde, le gars a réellement la phobie de l'avion.

À sa place, je n'aurais pas mis un pied dans la carlingue,

même avec un voyage tous frais payés à la clé. Les mecs, je vous jure.

Je ravale donc ma verve, et entrelace mes doigts aux siens. Il jette un coup d'œil à nos mains mêlées, quelque peu surpris, mais s'y accroche comme si sa vie en dépendait. Adieu les fanfaronnades ! J'espère simplement qu'il ne dégobillera pas ses tripes en plein vol.

Une douleur fulgurante me tire d'un sommeil sans rêves. Je cligne des yeux à plusieurs reprises, complètement paumée, jusqu'à ce que mes synapses se reconnectent entre eux. Je me trouve dans un avion, quelque part entre New York et les Bahamas, aux côtés de Hayden. Et y pensant, je m'aperçois que c'est cet abruti qui est en train de me broyer la main au point qu'elle risque de fusionner avec l'accoudoir.

– Hayden, tu me fais mal, déclaré-je doucement.

Je tente de m'extirper de sa poigne, mais ses doigts sont tant contractés autour des miens que je n'y parviens pas.

– Hayden, répété-je en grimaçant.

Je me tourne dans sa direction, et remarque qu'il est dans un état second, et pour cause : l'appareil a déjà amorcé sa phase d'atterrissage. Enfoncé dans son siège, Hayden s'efforce de garder les paupières fermées, et l'air effronté qui imprègne bien trop souvent ses traits s'est effacé au profit de celui d'un petit garçon terrifié. J'aimerais en rire, cependant, pour être honnête, j'en ai le cœur serré.

Je pose ma main libre sur le dos de la sienne et à l'instant où elles entrent en contact, Hayden se détend imperceptiblement.

– Me lâche pas, Dawson, grince-t-il, les mâchoires crispées.

– Je te lâche pas, confirmé-je. Mais va falloir que tu laisses ce pauvre accoudoir tranquille, sauf si tu souhaites t'offrir le retour à New York tout de suite.

À ces mots, il rouvre les yeux sur-le-champ, et découvre avec stupeur que nous avons enfin atterri. Hayden était tellement perdu dans sa peur viscérale de l'avion qu'il ne s'est même pas rendu compte que le commandant de bord avait annoncé notre arrivée à Nassau, ni que la presque totalité des passagers avait déjà débarqué.

– Tu vois, tu as survécu, chiffe molle, ajouté-je en lui adressant un sourire des plus sarcastiques.

– La ferme, Blake.

Outch. Je crois que monsieur est un chouia vexé sur ce coup-là, mais après tout, c'est lui qui a insisté pour m'accompagner, et ce, en toute connaissance de cause, pas vrai ?

Tout en ricanant, je me lève et me grandis sur la pointe des pieds afin de récupérer nos sacs dans les porte-bagages au-dessus de nos têtes, avant de lui balancer le sien sans ménagement et de me diriger vers la sortie.

L'air chaud qui nous cueille à l'extérieur est étouffant. La température frôle les 35 degrés, et je me félicite d'avoir passé un débardeur ainsi qu'un mini short.

Adieu New York et toutes mes emmerdes, et bonjour soleil, plage, et cocktails à profusion !

Je rabats mes lunettes de soleil sur mon nez, la lumière est encore beaucoup trop vive pour moi malgré toutes les aspirines que j'ai ingurgitées, puis j'entreprends de descendre les escaliers menant au tarmac. Hayden me suit sans broncher, et ne décoche pas un mot jusqu'à ce que nous pénétrions dans le hall des arrivées pour récupérer nos valises :

– Alors, c'est quoi le programme, maintenant ?

Je me mords la lèvre afin de retenir le rire qui manque de

m'échapper. Je suis persuadée qu'il a complètement zappé que la pochette que lui a remise l'hôtesse lors de l'enregistrement comportait deux billets aller.

– On doit se rendre porte 4, répondé-je en examinant mon propre billet.

Silence radio.

Je relève la tête, et surprends sa mine décomposée. Son teint d'ordinaire hâlé est devenu si blafard que Casper peut aller se rhabiller.

– Tu te fous de moi là, Dawson.

– Oh, j'aimerais tu peux me croire, mais ce ne serait pas aussi drôle ! m'exclamé-je. Je te promets que ces 45 malheureuses minutes ne te tueront pas.

Hayden ne semble pas convaincu pour un clou et lorgne même vers la sortie de l'aéroport avec insistance. Alors pour éviter qu'il ne se débine en bon trouillard qu'il est, je m'empare de sa main pour le traîner derrière moi en direction de la porte d'embarquement.

Contre toute attente, Hayden n'a pas tourné de l'œil durant le vol, et n'a pas paniqué.

Nan, je déconne.

Néanmoins, je dois reconnaître qu'il ne s'en est pas trop mal sorti cette fois. Il a même gardé les yeux ouverts pendant que l'avion piquait du nez en direction de Staniel Cay, l'une des îles au large de Nassau, c'est pour dire !

Mais il aurait fallu être complètement fou pour louper la vue de dingue à travers le hublot. Les eaux au bleu turquoise presque irréel bordant l'île la rendent tout bonnement paradisiaque. Et lorsque le taxi, un imposant van gris métallisé bien loin du cliché de son homologue new-yorkais, se gare devant notre hôtel, je suis au bord de l'extase.

Je me hâte de sortir du véhicule tandis que Hayden règle la course pour admirer les alentours. J'entends les vagues se fracasser contre les rochers, les embruns, emportés par le vent, s'écrasent sur mon visage, et c'est à contrecœur que j'emboîte le pas à Hayden qui se dirige vers l'hôtel en tirant ma lourde valise derrière moi.

La réception est simple, chaleureuse, tout en restant classe. Le personnel s'affaire ci et là dans des tenues chics aux teintes claires qui s'accordent à merveille avec le standing de l'endroit, sans jamais se mêler aux touristes qui font la queue devant le comptoir central composé de bois flotté et garni de compositions florales exotiques multicolores.

– Bienvenue au Sunset's Bay ! claironne l'hôtesse quand arrive notre tour en nous offrant un sourire éclatant. Votre réservation a été effectuée à quel nom, je vous prie ?

Je fixe la réceptionniste, incapable de lui fournir la moindre réponse. Parce que le nom de Tyler refuse de franchir mes lèvres, parce que c'est avec lui que j'aurais dû vivre ce voyage de noces, et non avec l'un de ses amis.

Mais qu'est-ce qui m'a pris, bon sang ?

– Lancaster, répond Hayden à ma place.

Entendre si clairement ce nom que je ne porterai jamais me brise le cœur, mais je n'ai pas le loisir de m'appesantir sur la vague de tristesse qui me submerge qu'elle enchaîne :

– Oh ! Nos jeunes mariés ! Nous vous avons réservé le plus beau bungalow de l'établissement, romantique à souhait. Parfait pour une lune de miel, ajoute-t-elle, vous allez l'adorer.

Romantique à souhait ? Parfait pour une lune de miel ?! Ce serait idéal pour un couple, c'est clair, mais Hayden et moi ne sommes pas un couple. Nous sommes juste… j'ignore de quelle manière nous qualifier en réalité, nous ne sommes même pas amis ! Alors partager une chambre avec lui est inconcevable.

– Par hasard, vous n'auriez pas une seconde chambre, suite, bungalow ou autre de disponible ? m'enquiéré-je aussitôt.

Du coin de l'œil, je vois le buste de Hayden pivoter vers moi puis s'accouder avec nonchalance au comptoir.

– Le bungalow « nuptial » ne te convient pas, *chérie ?*

Bien évidemment, il a saisi mon petit manège. Bon, j'avoue que ma tentative de me débarrasser de lui n'était pas des plus subtiles.

– J'ai accepté que tu m'accompagnes, pas que tu squattes ma chambre, persiflé-je assez bas pour que lui seul m'entende. Alors…

– Nous sommes complets, nous informe la réceptionniste, m'empêchant ainsi de poursuivre ma diatribe, j'en suis navrée. Mais je peux vous assurer que vous ne serez pas déçus. Andres va vous conduire à votre chambre, continue-t-elle en nous désignant d'un geste de la main un jeune homme se tenant droit comme un piquet. Cependant, j'aurais besoin d'une carte de crédit, pour la caution.

De nouveau ce fichu sourire policé, savamment travaillé.

– Eh bien, qu'attends-tu, *chéri ?* attaqué-je sans lui laisser l'occasion d'ouvrir la bouche.

Hayden accuse le coup, mais, bon joueur, s'exécute avec un fichu sourire en coin qui creuse sa fossette. Et que je trouve foutrement mignon.

Notre guide nous conduit hors du bâtiment principal et nous invite à le suivre sur les caillebotis de bois blanchis qui traversent le domaine. Au bout de quelques minutes, il finit par s'arrêter devant une dizaine de bungalows sur pilotis aux couleurs pastel noyés dans la végétation luxuriante de l'île et surplombants l'océan.

Andres nous indique celui le plus à gauche, le plus isolé,

puis nous remet notre clé et s'éclipse dès que Hayden lui a glissé un billet.

Le cadre est magnifique, féérique. Je me précipite vers notre bungalow aux lattes vert d'eau, grimpe les marches quatre à quatre pour découvrir la chambre qui se révèle incroyable. De taille moyenne, elle comporte un canapé étroit qui semble tout de même confortable, un énorme lit *king size* donnant sur une large baie vitrée qui offre une vue imprenable sur le lagon et une terrasse qui s'avance au-dessus de l'eau.

– Sympa, affirme Hayden en déposant sa valise contre le mur pour plonger sur le matelas et s'y échouer tel un mollusque sur son rocher.

– Je… C'est si bizarre que Tyler ait choisi un endroit comme ça, commenté-je à voix haute sans m'en rendre compte.

– Ouais. Son truc à lui c'est plutôt les fiestas à Ibiza, mais peut-être que pour une fois dans sa vie, il a voulu t'offrir quelque chose que toi, tu aimes.

Hayden a lâché cela sur un ton désinvolte, pourtant je crois y percevoir une note d'amertume.

– Quelque chose qu'il, de toute évidence, ne comptait pas partager avec moi, rétorqué-je.

J'ai une boule dans la gorge. Tout aurait été parfait s'il s'était tenu à mes côtés, s'il ne m'avait pas abandonnée de la sorte. Et le pire dans tout ça, c'est que j'ignore ce que j'ai bien pu commettre pour qu'il agisse de cette façon, pour qu'il me fuie. À croire que les trois ans que nous avons passés ensemble n'ont eu d'importance qu'à mes yeux.

– Il ne t'a rien dit ? repréné-je.

Il secoue la tête et passe une main dans ses cheveux.

– Non. C'est dégueulasse ce qu'il t'a fait. S'il voulait te plaquer, il aurait dû avoir le cran de se pointer devant toi pour te le dire en face. Pas se comporter comme le dernier des lâches en te plantant comme il l'a fait, bordel !

Je tique face à tant de véhémence. Hayden n'est pas du genre à s'emporter pour quoi que ce soit me concernant.

– Pourquoi tu prends ça à cœur, Hayden ? Tu ne me supportes même pas.

– Bien que ce soit mon pote, je ne cautionne pas son comportement, avoue-t-il en haussant les épaules. D'autant que t'es vraiment pas le genre de fille qu'on dégage de sa vie, et surtout pas de cette manière.

Je marque un temps d'arrêt, étonnée. Finalement, il n'est pas aussi con que je l'imaginais.

– Si un jour, on m'avait dit que tu serais *team* Blake !

Son regard trouve le mien et brille de sincérité. Une drôle de sensation s'infiltre en moi et j'ignore comment l'interpréter.

– Incroyable, hein ? répond-il avec un sourire en coin.

– Oui, et je vois clair dans ton petit jeu, Johnson, lancé-je pour alléger l'atmosphère. Tu essayes de m'amadouer pour t'approprier MON lit ! Mais je te préviens, hors de question que je le partage avec toi.

Pour joindre le geste à la parole, je l'attrape par la cheville afin de le tirer en dehors dudit lit, sauf qu'il est tellement massif comparé à moi qu'il ne bouge pas d'un poil.

– Tu ne vas quand même pas me laisser crécher sur ce foutu canapé ? s'insurge-t-il. Je fais deux fois sa taille !

– Tes problèmes ne doivent pas devenir mes problèmes. C'est toi qui t'es incrusté, j'ai eu la bonté d'âme d'accepter que tu m'accompagnes, mais ne pousse pas le bouchon trop loin. Ce sera le canapé pour toi. Ou le paillasson.

Un rictus satisfait déforme ma bouche devant son air scandalisé. Hayden n'a pas l'habitude qu'on lui tienne tête, et avec moi, il est tombé sur un os : je ne céderai pas. Cependant, je dois reconnaître que nos joutes verbales ont le mérite de me changer les idées.

– Allez, oust ! m'exclamé-je en tentant de le pousser.

Malgré ma bonne volonté, son corps reste immobile, ce qui arrache un sourire victorieux à ce voleur de lit. Je redouble d'efforts, mais ma tong se prend subitement dans l'un des interstices du plancher et je trébuche.

Et à votre avis, où est-ce que ma chute m'entraîne ? Sur le matelas sur lequel Hayden est étendu, bien évidemment, et qui plus est, je m'effondre directement dans ses bras. Mon karma se fout bien de moi, décidément !

Ma paume se pose par inadvertance sur son pectoral, et je remarque à cet instant que le bougre est drôlement musclé. Je me redresse afin de m'extirper de son étreinte, or contrairement à la veille, il ne se détache pas de moi et me maintient même contre lui.

Hayden a toujours été particulièrement beau mec, le fait de ne pas pouvoir l'encadrer ne m'empêche pas d'être lucide, et me retrouver soudain si proche de lui me trouble quelque peu. Surtout lorsque le regard qu'il pose sur moi me désarme, et que ses iris renferment une teinte bien plus incroyable que l'océan qui se fracasse sous nos pieds. Mes joues s'embrasent, mon cœur palpite un peu trop vite.

– En moins de 24 heures, tu m'embrasses et tu me tombes dans les bras, Dawson. Alors ne me fais pas croire qu'au fond de toi, tu ne veux pas de moi dans ton lit.

J'ai besoin de quelques secondes pour comprendre ce qui vient de se passer… Non, il ne s'est rien passé, puisque Hayden se fiche de moi comme il en a l'habitude.

– Dans tes rêves ! répliqué-je en le repoussant plus fermement cette fois.

Il s'esclaffe, puis abdique. Néanmoins, il m'attrape tout de même le poignet avant que je ne quitte le lit et m'adresse son fameux sourire en coin :

– J'adore rêver, Blake.

Hayden

Après notre dernière chamaillerie sur le lit où Blake a tout de même fini allongée sur moi, elle s'est échappée de mon étreinte pour s'activer à ranger ses affaires dans les placards. Ses joues rosies l'ont trahie. Je sais que je ne la laisse pas indifférente, surtout quand ses yeux se sont noyés dans les miens, juste un bref instant, mais si intensément.

En attendant, je suis confortablement installé sur la petite balancelle de la terrasse, n'en revenant toujours pas d'être face à ce lagon aux profondeurs cristallines. Mon corps a réussi à se décontracter après tout le stress des vols cumulés. Demain, je suis convaincu que je souffrirai de courbatures, tellement je me suis crispé sur ce putain d'accoudoir et accessoirement, sur les doigts de Blake. Contre toute attente, sa présence et son toucher ont fini par m'apaiser.

Et ce baiser, on en parle ?!

Que dire de ce putain de baiser, si anodin, léger, telle une plume. Pourtant, une vague de frissons a déferlé le long de mon échine quand ses lèvres si douces ont caressé les miennes. J'ai l'impression d'avoir encore le goût fruité de son baume sur ma bouche. Et l'idée de dormir dans la même chambre qu'elle ne fait que renforcer mon enthousiasme.

À cet instant, même si c'est mal, je bénis cet enfoiré de Tyler de m'avoir laissé la chance de voyager vers une destination de rêve avec la fille qui n'a jamais quitté mon esprit, cette brune que je désire depuis que nos regards se sont croisés, mais qui, malheureusement, me déteste beaucoup plus que je ne le pensais. C'est peut-être l'occasion pour qu'elle apprenne à connaître qui je suis réellement. Pas ce pauvre mec insolent que je m'efforce d'être en sa présence et qui a pris l'habitude de la rembarrer à tout bout de champ.

Je n'ai pas pu m'empêcher de sortir mon appareil photo pour commencer à mitrailler l'étendue d'eau translucide qui nous entoure et ce paysage idyllique digne des cartes postales. Les nombreux poissons exotiques qui nagent aux pieds des pilotis n'ont pas échappé à mon objectif.

Je ne me lasserai jamais d'admirer cette vue féérique, ces îles qui forment un arc-en-ciel de terres plates, frangées de plages et de cocotiers, avec des forêts sèches et des mangroves, cernées par des récifs coralliens parmi les plus importants au monde. Nous avons eu un rapide aperçu du faste de Nassau, notamment lorsque le petit avion a survolé l'endroit, avec sa horde de vacanciers, ses navires de croisière et ses immenses complexes balnéaires.

J'apprécie d'être sur une île extérieure où la vie s'écoule tranquillement, au rythme des alizés. Cet endroit est une nouvelle source d'inspiration pour moi. Habitué à photographier des modèles, j'aime de plus en plus me diversifier dans ce que je capture, et ce voyage représente une bonne opportunité pour m'essayer à autre chose.

Ici, les attractions se résument à la mer et à la nature, le combo parfait pour que Blake oublie rapidement le désastre de son mariage avorté et par la même occasion, ce con de Tyler.

D'ailleurs, je me demande ce qu'il a prévu pendant ces quinze jours sur ces îles paradisiaques ? Il va bien falloir se renseigner sur la formule « jeunes mariés » et sur ce qu'elle comprend.

Je décide de rejoindre ma petite furie pour voir où elle en est.

– J'espère que madame m'a laissé un peu de place dans les armoires, parce que quand je vois tout ce que vous êtes capables d'emmener, vous les filles, dans une valise, on a toujours l'impression que vous partez pour des mois ! m'exclamé-je avec un sourire taquin.

– Ce que tu peux être sexiste ! Figure-toi que je ne suis pas comme toutes ces nanas.

– Ça, c'est clair ! répondé-je, un peu trop enthousiaste.

Blake se fige, les mains posées sur les hanches, fronçant les sourcils et attendant certainement une explication de ma part :

– Tu peux développer ? lance-t-elle avec animosité.

Sans me démonter, je m'avance vers elle et approche mon visage au plus près du sien. Ses yeux ancrés aux miens ne me lâchent plus. Je la vois déglutir et gesticuler sur ses jambes. Elle est mal à l'aise et je m'en délecte.

– Je pense que t'es beaucoup plus chiante que la moyenne, mais j'ai rarement vu une fille aussi photogénique que toi.

Soudain, Blake se fige et ses yeux s'élargissent. Son hésitation est palpable alors qu'elle est clairement déboussolée par mes paroles. Elle ne s'attendait pas à ce que je lui lance cette remarque et cherche probablement ses mots pour répondre. Elle ne sait définitivement plus sur quel pied danser.

Comme à mon habitude, je suis incapable de la complimenter sans y glisser une pique. Inutile qu'elle se fasse de fausses idées sur ce que sous-entendent mes paroles.

Elle se retourne en direction de la salle de bains et avant de claquer la porte derrière elle, elle crie à travers la chambre :

– Pour ta gouverne, tu as un placard entier rien que pour toi !

Touchée !

Car c'est bien la première fois que Blake manque autant de répartie.

Après avoir pris une bonne douche délassante, nous avons décidé de nous rendre à l'accueil afin de nous renseigner sur la suite de notre séjour. La réceptionniste qui nous a accueillis tout à l'heure se fait un plaisir de nous énumérer toutes les activités aussi incroyables les unes que les autres que Tyler a choisies pour transformer cette lune de miel en un rêve éveillé.

Entre des bancs de sable secrets, des plages de sable rose isolées et des milliers de kilomètres d'eaux irrésistiblement bleues, c'est tout bonnement le cadre le plus idyllique au monde pour s'évader. Avec, au programme, visite de l'île aux cochons nageurs de renommée mondiale aux Exumas, snorkelling dans la grotte de Thunderball qui regorge d'une vie marine exotique, et balade en bateau pour explorer les nombreuses petites îles de sable fin.

Blake écoute sans broncher, le regard vide figé sur l'horizon. Nous allons vivre des trucs dingues, et j'ai l'impression que cela glisse sur elle sans l'atteindre, comme si cela ne lui importait pas le moins du monde.

Mais comment Tyler a-t-il pu renoncer à tout ça ? À ce voyage fabuleux avec Blake, cette tornade brune capable de tout retourner sur son passage avec son humour, son tempérament volcanique, sa fougue, sa passion dans tout ce qu'elle entreprend, son charme fou, ses yeux dorés si profonds qui révèlent une multitude d'émotions quand elle parvient à lâcher prise ?

Je fais pitié, je sais, je suis un pauvre con, un lâche qui n'assume rien, ouais… carrément.

Pourquoi a-t-il agi de la sorte ? Pourquoi s'être enfui sans assumer sa décision ? Autant de questions restées sans réponse depuis maintenant plus de 24 heures.

De quoi j'me plains ? Finalement, le malheur des uns fait le bonheur des autres, et surtout le mien ! Mais bien malgré moi, je ne peux pas m'empêcher de culpabiliser de profiter à sa place de ce qu'il a pourtant décidé d'abandonner.

Le cadre paradisiaque étant propice à une ambiance légère et décontractée, Blake et moi-même passons un agréable moment à dîner dans le petit resto qui se situe à côté des cabanons sur pilotis. Nous échangeons sur tout et n'importe quoi, sur nos prochaines activités sur cette île, et tout ça, sans prise de tête ni railleries en tout genre.

Souvent trahie par ses nombreuses absences et son regard perdu dans le vide, j'ai décelé une profonde tristesse dans ses yeux à l'idée de jouir de tout ce que cet eldorado recèle sans celui qui était censé passer le restant de ses jours à ses côtés. Pour couper court à ses pensées nostalgiques, je m'aventure sur un terrain, qui je sais, va probablement la faire réagir.

– Et si on allait se coucher ? Le voyage m'a crevé et un super lit *king size* avec vue imprenable sur la mer nous attend ! déclaré-je avec entrain.

– Rectification : un super lit king size m'attend MOI ! s'agace-t-elle.

Voilà comment ramener à la réalité une Blake trop concentrée sur ses malheurs des dernières heures.

– Tout se négocie, ma chère !

– Dans tes rêves, Johnson ! s'écrie-t-elle, furibonde.

– J'te l'ai déjà dit, j'adore rêver, surtout si ledit rêve t'implique, répliqué-je avec un sourire en coin.

Blake se lève de table et me lance sa serviette au visage :

– J'te laisse régler l'addition pendant que je vais me glisser sous les draps de MON immense lit !

– Et tu comptes payer à quel moment, au juste ?

– Tu profites déjà du séjour aux frais de ton pote, et je vais devoir vous supporter toi et tes remarques à deux balles pour les quinze prochains jours, alors payer les extras est la moindre des choses !

Sur ces belles paroles, Blake me laisse en plan et se dirige vers notre bungalow.

Cette fille aura ma peau !

Quand je pénètre dans la chambre, ma petite brune est déjà confortablement installée au milieu du lit, un sourire satisfait greffé sur son beau visage. Je constate qu'elle a eu la délicatesse de déposer un oreiller et une couverture sur le canapé qui est censé me servir de lit. Vu ma taille et celle de ce fichu sofa, il me sera impossible de dormir sans me taper un lumbago ou un torticolis le lendemain. Mauvais sommeil égale mauvaise humeur, donc forcément mauvaise ambiance qui réveillera fatalement le monstre qui se cache en Blake, et qui entraînera ma probable noyade en règle dans ces eaux turquoise.

Même si l'endroit est top pour rendre son dernier souffle,

ce serait quand même dommage qu'une lune de miel, qui n'en est même pas une d'ailleurs, s'achève de cette façon.

Arrête de parler dans ta tête, Hayden. Tu t'embrouilles là !

Il y a peut-être moyen de négocier un minuscule bout de matelas. De toute manière, il est hors de question que j'me tape ce lit de fortune pendant tout le séjour !

– Blake, ce lit est gigantesque ! Si chacun reste bien sagement de son côté, on n'aura même pas l'occasion de se frôler, même juste un peu. Sauf si bien sûr, tu me sautes dessus en pleine nuit. Comme je sais que je suis irrésistible et que tu n'as déjà pas pu t'empêcher de m'embrasser, je comprends que ce soit difficile pour toi de te retenir. Mais si chacun y met du sien, je suis certain qu'on peut trouver un compromis.

– C'est bon ? T'as terminé ton monologue ? grogne-t-elle. Tu es tellement imbu de ton insignifiante petite personne que ta tête risque de ressembler à une pastèque si tu persistes. T'es loin d'être de la trempe de Brad Pitt, alors je pense que je saurai me tenir.

Blake continue de baragouiner dans sa barbe, souffle avec indiscrétion et finit par croiser les bras, faisant remonter ses seins dans son décolleté pigeonnant. Hypnotisé par la magnifique vue qu'elle m'offre sur sa poitrine voluptueuse, je n'entends pas tout de suite sa réponse.

– Tu n'as pas intérêt à dépasser la frontière des coussins que l'on va installer entre nous. Tu ne bouges pas, tu ne ronfles pas, ou sinon je t'expédie direct sur la balancelle du balcon, c'est clair ?

– Non, sans blague, tu acceptes de dormir avec moi ?! l'interrogé-je, surpris, et pas certain d'avoir bien compris.

– Dépêche-toi de ramener tes fesses sur ce foutu matelas avant que je ne change d'avis ! s'exprime-t-elle avec autorité et impatience.

Les sourcils froncés, elle me fixe avec une certaine hostilité qui m'incite à agir immédiatement.

Oh putain ! Elle a vraiment accepté !

– J'ai le droit de passer par la salle de bains avant ou bien ta proposition aura expiré dans cinq minutes ?

– Dans six minutes, pas une de plus !

– Ce sera largement suffisant, assuré-je en courant vers les sanitaires.

Je m'active à me brosser les dents, me rafraîchir un peu et à me déshabiller pour enfiler mon short. Lorsque je retourne dans la chambre, je souris devant la montagne de coussins qu'elle s'est appliquée à ériger entre nous. Mais ce qui me fait encore plus marrer, c'est de voir ses yeux scruter avec insistance mon torse imberbe et détailler avec intérêt chaque muscle composant mes pectoraux et mes abdominaux.

La petite étincelle qui brille dans ses pupilles gonfle mon ego et le rouge qui rehausse ses pommettes me galvanise. Je contourne le lit avec une lenteur calculée, histoire de lui donner tout le loisir d'en prendre plein les mirettes. Une fois de mon côté, toujours debout, je lui tourne le dos et descends mon short sur mes chevilles pour le retirer.

– Hayden ! Mais qu'est-ce que tu fous ?! beugle-t-elle, offusquée d'avoir soudain une vue imprenable sur mon fessier.

Je glisse rapidement sous les draps sans lui laisser le loisir d'en découvrir davantage.

– Ben quoi ? Je dors toujours à poil, et crois-moi, avec cette chaleur, je ne risque pas de changer mes habitudes. Je sais que je ne te facilite pas la tâche, Dawson, mais il va pourtant falloir réunir toute ta bonne volonté pour ne pas craquer ! me marré-je.

– J'te signale qu'il y a la clim ! Oh… et puis tu me gonfles ! Bonne nuit !

– Bonne nuit, Blake.

5

Blake

Les « ding » incessants qui retentissent me tapent sur les nerfs. J'enfonce ma tête dans l'oreiller, cependant, le son strident et désagréable ne cesse pas. Je balance alors mon bras en dehors du lit, cherche à tâtons mon téléphone que j'ai dû abandonner sur la table de nuit hier soir. J'ignore l'heure qu'il est, mais ce qui est sûr, c'est que je vais trucider la personne qui a osé me réveiller.

Lorsque l'écran s'illumine, me grillant la rétine au passage, j'y discerne une tonne de notifications, dont la plupart indiquent des messages provenant de Tia et de maman. Je soupire en ouvrant le premier texto. Bien évidemment, ma mère est paniquée puisqu'elle s'est pointée à mon appartement sans m'y trouver. La soirée de mon presque mariage demeure si floue dans ma mémoire que je ne parviens pas à me souvenir de quoi que ce soit, et visiblement, je n'avais pas mis ma mère au parfum concernant ma petite escapade par-delà l'océan.

D'ailleurs, Tyler était-il présent chez nous ? Hum, j'en doute. S'il m'a plantée en beauté, j'imagine que ce n'était pas pour se la couler douce dans notre appartement au risque de tomber nez à nez avec moi après m'avoir fait un coup pareil. Tout ce que je risque, c'est de découvrir les lieux vides à mon retour, comme si nous deux, notre histoire, ça n'avait jamais existé. Il paraît que sur les réseaux, ça à la cote de se barrer comme un voleur en embarquant tout au passage.

Je secoue la tête pour chasser cette éventualité. Je lui réponds brièvement que tout va bien, que j'ai juste besoin de temps pour digérer les derniers événements et qu'elle n'a pas à s'inquiéter pour moi. Cependant… est-ce la vérité ?

Non. Non, je ne vais pas bien. Mon putain de cœur s'est brisé à l'instant où j'ai réalisé que Tyler ne me rejoindrait pas. Si au moins, j'en connaissais la raison, je serais en mesure de comprendre pourquoi il a agi de cette manière, ou du moins, d'essayer ! Mais le silence radio qu'il m'inflige est insupportable.

Sans prendre le temps de réfléchir, ne serait-ce qu'une seconde, du bout du doigt, je fais défiler les contacts de mon répertoire, avant de sélectionner le nom de mon ex. Les sonneries s'élèvent, les unes après les autres, et résonnent dans le vide. Je ne sais pas si je désire que Tyler décroche. Je ne sais même pas si au fond, je veux lui balancer à la tronche toute ma rancœur, qu'il me fournisse une quelconque explication ou encore qu'il m'avoue ce qui le dérangeait chez moi au point qu'il me plaque comme une malpropre.

Non, je ne suis définitivement pas assez forte psychologiquement pour le supporter, et c'est presque avec soulagement que j'accueille le message insipide et impersonnel du répondeur.

Cette fois encore, Tyler n'a pas répondu, et cette fois encore, je n'ai pas laissé de message.

J'essuie d'un geste rageur la larme qui s'est échappée de mes paupières. Tyler ne mérite pas mes larmes.

Pour me changer les idées, je me concentre sur les messages de ma meilleure amie. Tia n'y est pas allée de main morte, et n'en revient pas que j'ai mis mes plans à exécution. C'est vrai que je ne suis pas de ces nanas qui prennent des décisions sur un coup de tête, j'ai toujours été du genre réfléchi, le genre de fille qui ne fait pas de vagues. Mais j'en ai assez.

Je pianote un rapide texto :

Tu rates vraiment quelque chose.
Je penserai à toi quand je me prélasserai
sur la plage en sirotant des mojitos.

Tu parles, je vais tellement te manquer
que tu vas rappliquer à New York vite fait
bien fait.

Si tu savais…

Une idée me traverse soudain l'esprit. Je m'étire longuement avant de me redresser, mon portable en mode appareil photo. Mais à l'instant où je souhaite appuyer sur le bouton, je remarque que quelque chose cloche : Hayden n'est pas sur son foutu canapé.

Je tourne vivement la tête et découvre avec horreur qu'il est étendu sur le lit, à côté de moi. Merde. J'avais zappé que, dans un moment de faiblesse, j'ai accepté de le partager avec lui. Bon, le point positif, c'est que la barrière d'oreillers entre nous est intacte. Ce qui s'avère plus délicat, c'est que ce mec n'a rien trouvé de mieux que de dormir à poil.

Cependant… pour être tout à fait honnête, il est plus que

canon, et ainsi assoupi, j'ai tout le loisir de l'examiner sans que son ego gonfle à la limite de l'explosion.

Ses cheveux bruns ébouriffés encadrent son visage aux courbes abruptes, viriles, mais qui dégage pourtant une certaine douceur. Ses lèvres, légèrement entrouvertes, sont assez charnues, et affreusement douces, bien trop pour les miennes qui s'en souviennent encore.

Lorsque mes yeux dévient plus bas, mon regard s'égare sur son torse, ses abdos qui semblent sculptés dans le marbre, puis sur le V marqué de ses hanches. Et sans surprise, je ne peux ignorer la bosse proéminente qui déforme les draps immaculés. Un seul mot s'impose à moi pour décrire l'engin : énorme. Sérieux, on dirait que le gars a monté une tente !

Malgré moi, je rougis. D'une, parce que je l'observe de la sorte alors qu'il est endormi, de deux, parce que je m'attarde bien plus longtemps que nécessaire sur cette partie de son anatomie et j'en ressens des picotements dans mon bas-ventre.

Merde, mais qu'est-ce qui me prend de le scruter de cette manière, hein ? J'étais encore fiancée il y a moins de quarante-huit heures, et voilà que je dévore un autre mec du regard, le plus vieil ami de mon ex qui plus est, comme s'il n'était qu'un hamburger supplément fromage qui me narguait après un putain de régime. Si je ne me connaissais pas, je jurerais que je suis à deux doigts de fantasmer sur lui.

Impensable.

Mais je reste une femme, dotée d'hormones parfois… difficilement contrôlables, et célibataire. Je n'ai donc pas à culpabiliser de consulter le menu, si ? D'autant que je ne me rappelle même plus la dernière fois que Tyler m'a touchée. De façon intime. Il attribuait sa réserve au stress provoqué par l'approche du mariage, et m'assurait que tout rentrerait dans l'ordre dès que nous serions enfin mari et femme.

Autant tuer le suspense tout de suite : cet aspect n'est pas prêt de s'arranger, hein.

Cette prise de conscience m'interpelle. Tyler ne me désirait plus, tout simplement, et au lieu de rompre comme un être humain normal l'aurait fait, il a préféré se tirer. Devant témoins en plus.

Je soulève le drap afin d'observer mon corps. OK, ces derniers temps, j'ai pris quelques kilos, mais ma silhouette me convient parfaitement, c'est le principal, non ?

Je rabats le tissu sur mes cuisses, et reporte mon attention sur mon colocataire inopiné afin de le photographier. Hop, ni vu ni connu, j'envoie la photo de Hayden dans son plus simple appareil, ou presque, à Tia, mais je n'avais absolument pas prévu que mon foutu flash se déclenche. Pour la discrétion, on repassera !

– La vue te plaît tant que ça, Dawson ? marmonne Hayden en esquissant un sourire.

Merde. Merde. Merde.

– Tu es réveillé depuis longtemps ? m'enquiéré-je d'une voix dégagée.

– Depuis assez longtemps pour avoir remarqué que tu me matais.

Il ouvre les paupières, braque ses iris turquoise sur moi. D'emblée, je sens mes joues chauffer, et mon embarras ne doit pas lui échapper. Non seulement il m'a prise en flagrant délit de reluquage en règle, mais en plus, sa manière de me fixer me déstabilise complètement.

– Ce n'est pas ce que tu crois, rétorqué-je en me détournant aussitôt.

– À d'autres !

Hayden roule aussitôt dans ma direction, envoyant valser les coussins, et saisit mon poignet pour m'attirer à lui. Je n'ai pas le temps de comprendre ce qu'il se produit que je me retrouve sur le dos, avec Hayden qui me surplombe. Je n'ose pas jeter un coup d'œil vers son entrejambe, de crainte de découvrir son asticot en liberté, et m'astreins à soutenir son regard qui ne me lâche pas.

– Je te plais, Blake, affirme-t-il.

Je cligne des yeux plusieurs fois avant d'éclater de rire.

– Décidément, ce n'est pas la modestie qui t'étouffe, toi.

– C'est moche de se voiler autant la face, assure-t-il de nouveau.

– Il faudra que tu t'enfonces dans le crâne que tu n'es pas irrésistible, Johnson ! clamé-je en extirpant mes fesses du lit pour mettre de la distance entre nous. Et au passage, je te rappelle que j'étais fiancé à ton pote. C'est moche de faire du rentre-dedans à son ex.

Libérée du magnétisme qu'il dégage, je suis plus lucide, et peine à concevoir cet effet qu'il a sur moi. Il s'agit de Hayden tout de même !

Néanmoins, je ne suis pas certaine d'avoir réellement les idées claires, car ma tête tourne méchamment. Je titube sur quelques pas, les doigts crispés autour de mon portable. J'ignore la réponse de Tia à la photo que je lui ai envoyée, composée principalement d'une suite d'émojis tous plus explicites les uns que les autres, trop occupée à maintenir mon équilibre précaire.

– Blake, tout va bien ?

La voix de Hayden retentit, lointaine. Mes oreilles bourdonnent, ma vision se brouille, des perles de sueur roulent le long de ma colonne vertébrale. Et lorsqu'une violente nausée s'empare de moi, je fonce tant bien que mal vers la salle de bains, et soulève in extremis l'abattant des toilettes pour y déverser le contenu de mon estomac.

– Merde, Blake, ça va ?

Je relève la tête, blasée. Je ressemble à une baleine échouée sur le carrelage, en train de rendre tripes et boyaux, et il ose me poser la question ?

– J'ai l'air d'aller bien, selon toi ? demandé-je en retenant un haut-le-cœur.

Très classe, Blake.

Hayden ne relève pas l'amertume de mon timbre, et se contente de s'agenouiller à mes côtés. Par chance, il a revêtu son caleçon, m'épargnant une vue imprenable sur son service trois-pièces. Toujours sans décocher un mot, il passe un bras autour de ma taille pour me redresser. Mais son geste ravive mon malaise, et déclenche un second round avec la cuvette.

La scène est tout bonnement atroce, pourtant, Hayden ne décampe pas. D'ailleurs, il ne se décolle pas de moi de ne serait-ce qu'un millimètre, et me tient même les cheveux.

– Tu m'as tenu les cheveux, lui fais-je remarquer.

– Et je t'ai empêchée de te vautrer aussi.

Bien que je sois littéralement au bout du rouleau, je souris. Hayden m'oriente vers lui en douceur, m'essuie le coin de la bouche à l'aide d'une serviette avec tendresse.

– Pourquoi t'es aussi gentil avec moi ?

– Parce que tu le mérites, Blake. Ça va mieux ?

– J'ai l'impression que mon ventre s'est cru dans un grand huit. Je déteste les huîtres, ajouté-je en repensant aux mollusques que j'ai ingurgités hier soir et qui, de toute évidence, ont décidé de me mener la vie dure. Et elles me le rendent bien.

Mes propos ont le don de lui arracher un rire, avant qu'une ride soucieuse se creuse entre ses sourcils. Ses pupilles balayent mon visage, puis, du dos de la main, il m'effleure la tempe.

– Putain, t'es brûlante, Blake.

Sans s'embarrasser de ma permission, il me soulève, et m'emporte hors de la salle de bains afin de me déposer sur le matelas en douceur. Il s'éclipse aussitôt, et revient au bout de quelques instants avec un linge humide qu'il pose sur mon front.

– Mais qu'est-ce que tu fous ? le questionné-je en tentant de me lever.

– Je prends soin de toi ! réplique-t-il, exaspéré, en me forçant à me rallonger.

Je m'exécute à contrecœur. Hayden a raison, je claque des dents, ma peau est couverte de frissons alors que l'on pourrait faire cuire un œuf sur mon corps tant il est chaud. Dans mon état, je ne fais pas le poids contre lui, c'est certain. Je m'empare donc des draps dans un geste rageur et les remonte jusqu'à mon menton pour tenter d'atténuer la chape de froid qui s'est abattue sur moi.

– Arrête de bouder, Dawson, et dors. Ce n'est pas aujourd'hui que nous irons batifoler dans le lagon, alors profites-en pour te reposer.

– Parce que tu comptes rester enfermé avec moi, peut-être ? m'étonné-je.

– Évidemment.

Mais Hayden ne se cantonne pas à ses belles paroles, il se glisse dans le lit, écartant le dernier coussin qui faisait encore barrage entre nous afin de s'approcher de moi. Je ne sais pas à quoi il joue, il ne me doit rien ! Bon, il ne me doit rien hormis des vacances au soleil, je vous l'accorde, sauf que n'importe qui se serait empressé de découvrir les merveilles qui s'étendent de l'autre côté de la porte au lieu de moisir entre quatre murs, avec, pour seule compagnie, la larve que je suis. Du moins, c'est ce que Tyler aurait fait, et quand j'y songe, j'en ai un pincement au cœur. Déjà à l'époque, les prémisses de mon mariage catastrophique étaient présentes, juste sous mes yeux, et j'étais trop aveugle pour m'en apercevoir.

Je sursaute lorsque Hayden empoigne ma hanche, et me tire avec autorité contre lui. Si on m'avait dit il y a quelques jours à peine que je me retrouverais dans ses bras, jamais je ne l'aurais cru. Il n'est pas comme je l'imaginais. Ou c'est la fièvre qui me fait délirer.

– Dors ! m'ordonne-t-il.

Il dépose un baiser chaste sur le sommet de mon crâne qui contraste avec l'attitude quelque peu graveleuse qui le caractérise, et ce baiser si anodin rend les battements de mon cœur désordonnés.

6

Hayden

C'est enfin le jour J pour notre première excursion dans ce paradis. Blake va beaucoup mieux après une journée enfermée dans le bungalow. Ses activités se sont résumées à courir entre le lit pour dormir et la cuvette des chiottes pour vider son estomac qui n'avait plus grand-chose à rendre. Je crois qu'elle n'est pas prête à remanger des huîtres de sitôt.

Par la même occasion, son corps s'est probablement purgé de tout l'alcool ingurgité lors de la soirée du mariage et de toutes les émotions négatives accumulées depuis. Ajoutez à cela deux vols successifs et la fatigue emmagasinée, forcément, les mollusques ont été la goutte de trop ! Parce qu'elle s'en ait bouffé des épreuves, la pauvre. Le malheur s'acharne sur Blake depuis plusieurs jours déjà et il serait peut-être temps qu'elle puisse enfin profiter de ce séjour durant lequel je me promets de tout mettre en œuvre pour qu'elle se sente bien et qu'elle laisse derrière elle, au moins pendant quelques jours, tous ses problèmes new-yorkais.

Je finis de ranger mon appareil photo dans sa sacoche et ferme le sac à dos que j'ai pris le soin de préparer avec l'indispensable dont nous aurons besoin durant cette journée : crème solaire, serviettes de plage, eau et médocs au cas où l'envie de vomir lui reprendrait. Je crois que je n'ai rien oublié. Je réunis toutes nos affaires sur la terrasse et vais toquer à la porte de la salle de bains :

– Tout va bien ? Tu es prête ? Le bateau qui doit nous amener sur l'île de Big Major Cay part dans dix minutes !

La porte s'ouvre sur ma brunette qui a repris des couleurs. Elle a troqué son aspect fantomatique pour une meilleure mine. Ce qui la rend radieuse. Mon cœur se gonfle de la voir enfin plus souriante, car je ne supportais plus qu'elle soit aussi mal. À chaque fois qu'elle vomissait, c'est mon estomac qui se tordait de douleur. C'est comme si j'étais connecté à elle, à ressentir sa peine et son mal-être. Je ne l'ai pas lâché d'une semelle, poussé par ce besoin de la protéger et de la réconforter. Nous avons déposé les armes un instant pour devenir les simples personnes vulnérables que nous sommes réellement. Nous avons agi comme des adultes normaux sans se balancer à longueur de journée des piques acerbes ou des reproches. Sans faux-semblant ni rôle stupide pour ma part du mec lourdingue qui ne peut pas la blairer.

Je prends le temps de détailler sa tenue qui me laisse rêveur. Une petite robe légère aux motifs fleuris épouse parfaitement ses formes qui me font saliver. Durant ces dernières 24 heures, j'ai eu tout le loisir de deviner les courbes voluptueuses de son corps lorsqu'elle s'est réfugiée dans mes bras à de nombreuses reprises parce qu'elle grelottait et qu'elle ne parvenait pas à se réchauffer.

– Parée à l'aventure ! Allez, bouge-toi, on va être à la bourre si tu restes planté là à me reluquer ! s'exclame-t-elle avec une pointe de sarcasme dans la voix.

Je confirme, Blake se porte comme un charme ! Elle a retrouvé sa verve et son franc-parler, tout ce qui fait que cette fille me chamboule et m'attire comme ce n'est pas permis.

Je me mets une claque mentale pour cesser de penser à ce qu'elle me fait ressentir et attrape nos sacs pour aller rejoindre l'embarcadère.

Notre escapade commence en ce début de matinée par une traversée en bateau qui sera ponctuée d'une escale sur la célèbre plage « Pig Beach ». Appareil en main, je ne me lasse pas de prendre en photo ces eaux cristallines en fond et bien évidemment, Blake au premier plan. Cheveux au vent, sourire vissé sur son visage, elle est tout simplement resplendissante. Sa photogénie transperce l'objectif et mon œil professionnel capture la moindre de ses expressions, sublimant ce moment hors du temps. Le paradis, voilà à quoi ressemble le mien : Blake, lumineuse, tel un ange se tenant à mes côtés dans l'un des endroits les plus magnifiques de la planète.

Après plusieurs minutes à naviguer sur les eaux les plus profondes des Bahamas, je distingue au loin des tâches roses et marrons. D'adorables cochons émettent des grognements et accourent dans notre direction lorsque notre embarcation s'approche du rivage. C'est une expérience invraisemblable, pas étonnant qu'elle soit l'une des attractions phares de la région !

D'ailleurs, j'aimerais bien comprendre pourquoi on trouve des cochons au milieu de l'océan ? Comme en écho à mes pensées, le capitaine du bateau commence son bla bla sur les légendes locales et la plus populaire est celle d'un naufrage où seuls les animaux auraient survécu. Cette histoire est juste surréaliste !

Dès que nous accostons, nos compagnons bruyants et reniflant nous saluent comme un joli groupe de chiens qui se précipitent vers la porte lorsque leur propriétaire arrive à la maison après une longue journée de boulot. Ici, les cochons ont l'habitude des visiteurs et sont friands de la nourriture qu'ils leur apportent. Bien évidemment, nous n'échapperons pas à la règle. Notre guide a prévu des fruits et des épluchures de légumes pour leur donner. Mais Blake, captivée par ce spectacle atypique, n'écoute déjà plus les avertissements et les recommandations.

Nous débarquons sur la plage de sable fin, sacs sur le dos et aliments en main afin de les déposer dans les bacs prévus à cet effet.

OK, les cochons ont beau ne pas être agressifs, ces adorables petites bêtes peuvent se montrer un chouia insistantes et ce serait dommage de terminer avec un doigt ou deux en moins. Au vu du degré de poisse de Blake, autant ne pas tenter le diable. À peine notre guide a-t-il fini de nous expliquer la marche à suivre que je vois Blake courir dans tous les sens pour échapper au troupeau de cochons qui la poursuit. Ses cris aigus et sa course folle attirent l'attention de tous les touristes.

Mais c'est qu'elle va finir par piquer la vedette à nos stars locales !

Je pars alors dans un fou rire à m'en pisser dessus tant la scène sous mes yeux est improbable. On a dû lui jeter un sort, ce n'est pas possible autrement. Comment peut-on cumuler autant de mauvaises aventures en si peu de temps ? Je sors rapidement mon appareil photo pour immortaliser ce moment rocambolesque.

Après plusieurs clichés sur lesquels Blake nous montre tout un panel de grimaces et de sauts en tout genre, j'ai pitié d'elle et cours dans sa direction afin de la libérer du rocher sur lequel elle s'est réfugiée.

– Hayden ! Aide-moi, je t'en prie ! Nan, mais qu'est-ce que tu fous depuis tout à l'heure ? Tu ne vois pas qu'ils essaient de me bouffer ? hurle-t-elle, angoissée.

– Je ne suis pas certain que tu sois à leur goût, contrairement à ce que tu as planqué dans ton sac ! Il y a des bacs là-bas où il fallait déposer les fruits. Leur donner à manger à la main est trop risqué, mais bon, ça tu l'aurais su si tu avais écouté le guide jusqu'au bout ! T'es pire qu'une gamine de six ans ! Il faut vraiment te surveiller et te coller au cul pour t'éviter le pire !

Elle me fusille du regard.

– C'est bon ? T'as terminé ? Certes, j'ai peut-être zappé quelques informations, je te l'accorde, mais c'est à cause des cochons. Regarde-les, ils font un tel boucan qu'on n'entend rien !

– Oui ! Je ne vois pas d'autre explication ! me marré-je devant autant de mauvaise foi.

– C'est ça, rigole ! Tu m'aides maintenant ? Et ne m'oblige pas à te supplier ! s'énerve-t-elle.

J'ai cette impression de déjà vu lors de notre soirée bien arrosée où je me suis retrouvé à genoux pour la convaincre de m'emmener avec elle en lune de miel. J'en profite pour lui rafraîchir la mémoire :

– C'est pourtant ce que TOI, tu m'as ordonné de faire pour avoir la chance de t'accompagner dans ce paradis terrestre, raillé-je.

– Merde, Hayden ! C'est pas le moment, là ! J'te promets tout ce que tu veux si tu me sors de là, mais dépêche-toi ! piaille-t-elle, paniquée.

Tout c'que je veux ?

Elle vient de prononcer les mots magiques pour me décider à remédier à cette situation pourtant hilarante. Un sourire collé aux lèvres, je sors de mon sac plusieurs épluchures pour attirer l'intérêt des cochons. Une fois leur attention reportée sur moi, je les entraîne à ma suite jusqu'aux bacs dédiés à leur nourriture. Arrivés à destination, ils se jettent sur les victuailles et je perds tout intérêt à leurs yeux. Enfin débarrassé d'eux, je rejoins ma furie prostrée sur son perchoir, incapable de bouger.

– C'est bon, ils sont partis, tu ne risques plus rien. Allez, prends ma main ! lancé-je sur un ton rassurant.

Mais sans que je m'y attende, elle se jette littéralement dans mes bras et se cramponne à mon cou comme si sa vie en dépendait. Le grognement au loin des petits groins la fait sursauter et par réflexe, elle enroule ses jambes autour de mon bassin pour éviter de poser ne serait-ce qu'un pied à terre.

Son visage est niché dans mon cou, son souffle chaud me file des frissons, son corps est collé au mien. Je n'ose plus ciller, submergé par les innombrables sensations qu'elle me procure. Si elle n'arrête pas tout de suite de gesticuler contre moi de la sorte, je ne suis pas certain de maîtriser la bête dans mon caleçon, surtout que mes mains la maintiennent par son fessier généreux et que je lutte pour m'empêcher d'en explorer davantage.

– Tout va bien, Blake. Si tu pouvais cesser de bouger, ça m'arrangerait, car je ne suis pas certain de pouvoir tout contrôler, là.

– Comment ça ? Je suis trop lourde, c'est ça ?! s'offusque-t-elle.

– Non ! Je parlais d'une autre bête qui risque bien de se réveiller si tu n'arrêtes pas de te frotter sur mes parties, si tu vois ce que je veux dire.

– Oh… désolée, je ne pensais pas que je pouvais te faire cet effet. En même temps, c'est mécanique chez vous les mecs. N'importe quoi frôle un peu votre service trois-pièces et hop, c'est direct la tour de Pise ! déclare-t-elle en ricanant.

Je secoue la tête en soupirant.

– Non, Blake, je t'assure, c'est bien toi qui me fais cet effet.

À ces mots, elle se fige à son tour et sort sa tête de mon cou pour noyer ses yeux mordorés dans les miens. Un silence lourd de sens s'abat entre nous. Je déglutis lorsque je surprends ses pupilles lorgner mes lèvres et que sans s'en rendre compte, dans un réflexe, elle mordille l'une des siennes comme pour calmer une envie irrépressible de m'embrasser.

– Pas trop de mal ?! Les cochons ne vous ont pas blessés, j'espère !

La bulle dans laquelle nous nous étions réfugiés éclate subitement quand notre guide de la journée nous interpelle après cette folle course poursuite avec les cochons.

Blake se détache de moi comme si elle venait de se brûler et instaure une distance raisonnable entre nous. Elle s'affaire à remettre sa robe en place et ses cheveux qui volent dans tous les sens avant de rassurer le capitaine :

– Rien à signaler ! Plus de peur que de mal.

– Je vous ai pourtant averti des risques avec ces gloutons. Ils sont gentils, mais face à la nourriture, ils peuvent s'avérer très collants !

– Non, sans blague ! J'avais pas remarqué ! lui répond-elle sur un ton sarcastique.

– Maintenant que vous les avez nourris, vous pouvez nager en leur compagnie, poursuit l'homme sans relever le ton de Blake. Il y a des masques et des tubas à bord si vous souhaitez explorer les fonds marins.

Blake se décompose littéralement à l'idée de retourner dans l'eau avec ses nouveaux amis et je l'entends répondre sèchement au pauvre homme :

– Ça ira ! Je crois que j'ai pris assez de risques pour aujourd'hui avec eux. Je préfère retourner bien sagement sur le bateau et regarder Hayden nager avec ses congénères.

La garce !

– OK, et bien, dans ce cas, le cochon te laisse rejoindre l'embarcation toute seule, puisque tu as une peur bleue de mes semblables, il serait risqué de m'accompagner. Je pourrai te mordre ou te faire plein de choses aussi cochonnes les unes que les autres, lancé-je en lui adressant un clin d'œil et en affichant un air des plus explicites tout en me dirigeant vers la mer.

Mais je n'oublie pas pour autant sa promesse, celle de faire tout ce que je désire. Autant prendre le temps de réfléchir à cette opportunité qui pourra très certainement me rendre service, surtout avec cette petite peste qui est loin de me laisser indifférent.

Blake

Mayday. Mayday.

Hayden a avoué que je lui plaisais. Je répète : je plais à Hayden. Je suis censée faire quoi de cette information moi, maintenant ?

Car c'est bien ce qu'il a sous-entendu lorsqu'il a affirmé que je lui faisais de l'effet, n'est-ce pas ?

Et voilà, je suis là à me prendre la tête pour quelques malheureux mots qui n'avaient probablement pas la moindre importance pour lui, pendant qu'il barbote joyeusement dans la mer en caressant de jolis petits cochons. Mais Hayden reste Hayden, c'est-à-dire un mec de base. Alors je suis certaine que ce n'est que mon corps qui l'attire. Que ce n'est que physique. Rien de bien méchant, hein ?

La voix du capitaine qui retentit dans mon dos m'empêche de délirer davantage :

– En route ! s'exclame-t-il assez fort afin que tout le monde soit en mesure de l'entendre. D'autres merveilles nous attendent !

Les touristes s'empressent de monter à bord, et lorsque vient le tour de Hayden, mes yeux vagabondent machinalement sur son corps. Est-ce qu'il est séduisant avec ces gouttes d'eau qui perlent sur sa peau dorée et ruissellent le long de ses muscles qui se contractent au gré de ses mouvements ? Assurément.

– Tu as un peu de bave, là, m'indique soudain Hayden en désignant mon menton.

Évidemment, il fallait qu'il me surprenne.

– Ce que tu peux être fatigant, soupiré-je en me détournant, et prenant tout de même soin de m'essuyer le coin de la bouche en toute discrétion, juste au cas où.

Il s'installe à côté de moi tandis que le bateau s'éloigne de la plage avant de secouer la tête avec vigueur afin que les gouttelettes dans ses cheveux trempés m'éclaboussent.

– Merde, Hayden ! T'es un véritable gosse !

Bien entendu, il ne s'excuse pas. Seul un sourire insolent fend ses traits et illumine ses iris au bleu aussi soutenu que celui du lagon qui nous entoure.

– Je plaide coupable, rétorque-t-il en feignant un air contrit absolument pas convaincant. Mais j'adore lorsque tu sors de tes gonds. T'es sexy quand tu te mets en colère, Dawson.

Je pique un fard. Non seulement son anaconda – c'est ce qui s'approche le plus de ce que j'ai entrevu, excusez-moi – frétille dès que j'ai le malheur de l'effleurer, mais en plus, il me trouve sexy.

Bon, OK, je me suis carrément cramponnée à lui, mais c'est un détail.

Et si cela ne suffisait pas, Hayden s'allonge tant bien que mal sur notre banquette et pose sa tête sur mes genoux. Je reste figée une seconde, tétanisée. Par chance, il garde les paupières fermées, ce qui m'évite d'être trop déstabilisée. Je suis persuadée que de l'extérieur, nous donnons l'impression de former un adorable couple, et cette pensée me trouble.

Il y a quelques jours à peine, j'étais fiancée, à un autre, un autre que j'étais certaine d'aimer, et pourtant, j'éprouve… quelque chose quand Hayden est près de moi. Quand il me touche ou braque son regard parfois si intense sur moi. Je ne comprends pas ce qui m'arrive, et je déteste cette sensation, la sensation de perdre ainsi le peu de contrôle qu'il me restait sur ma vie et mes sentiments.

D'un geste hésitant, mes doigts glissent dans ses cheveux encore humides, s'entremêlent dans ses mèches. Il se crispe une fraction de seconde, probablement pris au dépourvu, avant de se détendre et un foutu sourire ourle ses lèvres.

– Réveille-moi quand on sera arrivés.

– Tu comptes vraiment piquer un somme ? m'indigné-je.

– J'ai très peu dormi ces deux derniers jours, Blake. Et je t'assure que j'aurais préféré que tu me maintiennes éveillé pour une tout autre raison que celle de te tenir les cheveux au-dessus de la cuvette des chiottes.

Scandalisée. Oui, c'est le mot qui me décrit à la perfection à cet instant précis. Je tente de repousser ce vaurien, cependant, comme s'il avait anticipé ma réaction, Hayden enroule son bras autour de ma taille pour éviter de terminer les fesses à terre, et en y réfléchissant bien, je n'ai pas réellement envie qu'il se détache de moi.

– Debout, la Belle au bois dormant, lancé-je à Hayden en le secouant. Si tu loupes ça, tu risques de le regretter.

Hayden grommelle quelque chose d'inintelligible avant de finir par ouvrir les yeux. Il se redresse, puis s'étire à s'en luxer les articulations.

– T'es super confortable, Dawson. J'ai pioncé comme un bébé.

Je me renfrogne.

– Tu insinues quoi, au juste ?

Il lève les yeux au ciel en saisissant que je le mets au défi de critiquer mes cuisses galbées trop rondes pour les standards de la société. Mon corps ne me complexe pas le moins du monde, je vis en totale osmose avec mes cuisses qui se touchent d'ailleurs, mais ce n'est pas pour autant que je dois tolérer ses remarques.

– Que tu es parfaite comme tu es, répond-il en attrapant son appareil photo.

Je demeure muette, incapable de lui balancer la réflexion acerbe qui s'apprêtait à franchir mes lèvres, car contre tout attente, il a l'air sincère. Si je m'attendais à ça. Moi, Blake Dawson, parfaite à ses yeux. On aura tout entendu. Je ronge donc mon frein et me contente de l'observer mitrailler les alentours.

Au bout d'une dizaine de minutes, le bateau jette l'ancre près d'une petite île rocailleuse à la végétation sèche. Le capitaine s'empare d'un énorme sac dont il extirpe une multitude de tubas et de palmes, qu'il distribue à l'ensemble des passagers. J'attrape les miens du bout des doigts, légèrement tendue. Je ne suis pas à l'aise dans la mer ou dans tout autre endroit où mes pieds ne sont pas en mesure de toucher le fond. Alors même si la grotte de Thunderball est réputée pour être magnifique, j'appréhende de plonger dans ces eaux.

Cependant, je prends mon courage à deux mains, et inspire profondément : hors de question de fournir à Hayden une nouvelle raison de se foutre de moi.

– Tu comptes te baigner dans cette tenue ? me demande l'objet de mes pensées.

Un frisson parcourt mon épiderme. Je pivote avec lenteur, et découvre que Hayden ne se tient qu'à quelques centimètres de moi. Je lève la tête afin de soutenir son regard.

– C'est moi, ou tu veux me voir à poil, Johnson ? riposté-je avec toute l'assurance dont je dispose.

Cette fois, ce sont ses pommettes qui rosissent à vue d'œil, et je ne résiste pas à l'envie d'enfoncer le clou. Je soulève ma robe, dénudant mes cuisses, mon ventre puis ma poitrine, avant de faire passer le vêtement au-dessus de ma tête. Est-ce que je tente de le déstabiliser en déployant toute ma sexytude ? Affirmatif. Mais mon plan tombe lamentablement à l'eau quand l'une des bretelles se coince par je ne sais quel coup du sort dans mon chignon, me laissant tissu sur la tronche et bras bloqués au-dessus de la tête. J'ai beau gigoter dans tous les sens, impossible de m'en dépêtrer, et bien sûr, Hayden se fend la poire.

– Je ne sais pas ce que tu essayais de faire, mais il n'y a que toi pour te mettre dans des situations pareilles ! se gausse-t-il.

Je lui tire la langue dès qu'il me débarrasse de ma robe. Néanmoins, Hayden est trop obnubilé par mon bikini et sur ce qu'il ne couvre pas pour y prêter attention. Je la lui arrache des mains avant de la lui balancer en pleine figure.

– J'espère que la vue te plaît !

Je tourne les talons aussi sec et enfile mon masque, puis mes palmes, et me dirige vers le bord de l'embarcation avec un équilibre des plus précaires. Sans y réfléchir à deux fois, je saute dans l'océan.

Pour être honnête, je suis à deux doigts de couler avec ces foutues palmes greffées aux pieds. Je bats des jambes telle une forcenée, m'applique à garder la tête hors de l'eau pour ne pas me noyer, mais force est de constater que c'est un échec cuisant puisque j'ai l'impression de continuellement boire la tasse.

En fait, je crois bien que cette lune de miel bidon va avoir ma peau : intoxication alimentaire, folie meurtrière cochonnesque, et pour couronner le tout, noyade. Tout cela en moins de cinq jours. Qui dit mieux ?

Finalement, c'est un tsunami qui risque d'avoir raison de moi.

Excessive, moi ? Pas du tout !

Et quand la vague me submerge, j'ai tout de même la présence d'esprit de retenir ma respiration.

– Non, mais ça ne va pas ? invectivé-je Hayden dès que je remonte à la surface.

Maintenant, il tente même de me tuer. Faire une bombe à seulement un millimètre de moi, c'est clairement une tentative d'assassinat !

– Tu semblais en détresse, je me suis simplement précipité à ton secours, rétorque-t-il, un éclat rieur dans ses pupilles quelque peu voilées par la vitre de son masque de plongée.

– Parce que tu comptais me sauver en essayant de m'assommer ? J'ai failli couler à pic.

Je lui envoie une gerbe d'eau pour me venger, et manque de sombrer, mais Hayden me ceinture aussitôt contre lui.

– Rassure-moi, tu sais nager ? Parce que j'ai comme un doute, là, poursuit-il en s'esclaffant.

– Bien sûr que oui ! Ce sont ces trucs qui me gênent, c'est tout ! m'insurgé-je en désignant mes palmes.

– Tu veux que j'aille demander des brassards au capitaine ?

Son ton railleur me file des envies de meurtre.

– Tu as gobé un poisson-clown pour être aussi drôle ?

– Gobe ça plutôt, réplique-t-il en m'enfonçant l'embout du tuba dans la bouche. Encore une fois, tu n'as rien écouté des consignes. Ton inattention chronique frôle l'inconscience.

D'une main, il coince le tube derrière la sangle de mon masque.

– Maintenant, que tu es dans l'incapacité de jacasser, respire. Ensuite, immerge-toi et positionne le tube de sorte que l'eau ne puisse pas pénétrer à l'intérieur, reprend-il sur un ton purement didactique.

Mes yeux le foudroient, mais Hayden n'en a strictement rien à faire. Me souvenant que c'est cet énergumène qui me maintient à la surface, je décide de m'exécuter.

– Nickel, approuve-t-il. Suis-moi et surtout, ne me lâche pas.

Il entrelace ses doigts aux miens, et me conduit vers l'amas rocheux qui nous surplombe.

Un seul mot me vient à l'esprit : waouh.

J'avais déniché des photos de cet endroit sur le net, cependant, je suis en mesure d'affirmer que les clichés ne lui rendaient absolument pas justice. Les rayons du soleil qui s'invitent par l'anfractuosité au-dessus de nos têtes confèrent à la grotte un aspect mystique, et octroient à la mer une couleur irréelle. Nous baignons dans un écrin turquoise qui semble hors de portée du temps et de l'espace, comme si ici, protégés par les parois abruptes et rugueuses, plus rien ne pouvait nous atteindre.

Conscient de mon émerveillement, Hayden se tait, mais ne peut retenir le sourire béat qui éclaire son visage. Toujours en silence, il m'indique le fond de la grotte, et je comprends qu'il souhaite plonger afin d'en découvrir les profondeurs. J'inspire puis expire à plusieurs reprises à travers le tuba, puis je retiens mon souffle avant de disparaître à mon tour sous l'étendue turquoise.

Je m'accroche tant à sa main que mes phalanges en sont douloureuses, néanmoins, je n'y prête plus attention lorsqu'un banc de poissons multicolores se faufile sous nous. Ma surprise est telle que j'ai failli relâcher mon oxygène. Je crois reconnaître des poissons-perroquets, des poissons-papillons et même un fugu. Si je n'étais pas si froussarde, je n'hésiterais pas à tendre la main pour les toucher, toutefois rien qu'à la pensée que l'une de ces créatures m'effleure, mon rythme cardiaque s'accélère.

Je me désintéresse d'eux dès que Hayden exerce une pression sur ma paume. Il se dirige vers l'une des cavités souterraines, or à la seconde où je m'y engage, quelque chose de gluant frôle ma jambe et entraîne une réaction en chaîne.

Évidemment, je panique. Mon cœur bat si fort dans ma poitrine que j'ai la sensation qu'il se fraye un chemin entre mes côtes pour se faire la malle, mon souffle devient si rapide que mes poumons brûlent sous l'effort intense auquel je les contrains, et une myriade de minuscules points noirs constellent ma vision.

Calme-toi, Blake, tu ne risques rien.

Ah ouais ? Ben mon cerveau ne semble pas convaincu, lui ! Car il imagine d'emblée une bête marine tentaculaire dont l'un des appendices s'apprête à s'enrouler autour de mon mollet pour me bouffer. Je me débats pour lui échapper, et non seulement mon crâne bute contre la roche durant mes gesticulations démentes, mais en plus, le cri que je pousse permet à l'eau de s'infiltrer entre mes lèvres et envahir ma trachée. Je ne parviens pas à la recracher. Mes ultimes particules d'air s'évaporent.

Je suffoque.

Soudain, tout devient sombre, et ma dernière pensée est que je vais mourir dévorée par un monstre.

– Blake !

La voix qui m'appelle me paraît lointaine.

– Putain, Blake, je te jure que si tu ne reviens pas à toi sur-le-champ, je te tue ! tonne-t-elle de nouveau.

Waouh. J'ignore ce que j'ai encore bien pu faire.

J'ouvre subitement les paupières et louche d'emblée sur le nez de Hayden. Son visage est bien trop proche du mien, et pour cause : sa bouche est littéralement collée à la mienne. Dès que je prends conscience que nos lèvres sont scellées, une décharge électrique me parcourt l'échine. Je tente de le repousser, mais son corps sur le mien est trop lourd et ses doigts crochètent ma nuque trop fermement pour que je me dégage. J'émets alors des geignements assez bruyants pour qu'il les perçoive.

– Bordel, mais qu'est-ce qui te prend ? m'écrié-je lorsqu'il me laisse enfin respirer.

Ses yeux examinent chacune de mes expressions avant que son regard s'obscurcisse.

– Tu vas bien, Blake ?

– Tu m'expliques pourquoi tu étais à la limite de me fourrer ta langue dans la bouche ? objecté-je, hors de moi.

Les traits de Hayden se durcissent sensiblement. Il me redresse avec une brusquerie qui ressemble foutrement du Hayden pré-Bahamas qui me tape tant sur les nerfs, et c'est alors que je remarque que nous sommes sur une sorte de plate-forme rocailleuse surplombant l'eau cristalline de la grotte.

– T'es sérieuse, là ? Pendant qu'on explorait les cavités, tu t'es cogné la tête et t'es tombée dans les vapes ! J'ai eu la peur de ma vie, putain ! s'égosille-t-il.

Merde. Je crois que je n'avais jamais vu Hayden si furieux, et visiblement, il n'en a pas terminé avec moi :

– Tu respirais plus, Blake ! Je te faisais un putain de bouche-à-bouche. Et toi, comme d'habitude, tu ne trouves rien de mieux que de me gueuler dessus !

Je reste muette quelques secondes. En réalité, Hayden n'est pas en colère. Enfin si, mais il se sert de sa colère pour camoufler son inquiétude.

– Tu as eu peur ? l'interrogé-je, abasourdie.

– Évidemment ! T'étais là, inanimée, et... je... Laisse tomber.

Sur ces mots, il m'abandonne pour s'enfoncer dans la mer. Et plus il s'éloigne de moi, plus mon cœur se serre dans ma poitrine.

Hayden a eu peur pour moi. Est-ce qu'il a eu peur de me perdre ?

Je me débarrasse aussitôt de mes palmes et me lance à sa poursuite. Je le rattrape en quelques brassées à peine, le retiens par l'épaule. Il pivote vers moi, son visage est si fermé qu'il n'a rien de l'homme que je côtoie depuis que ma vie est partie en vrille.

– T'es un héros, Hayden, mais c'est vrai que ça aurait fait tache sur ton CV si tu n'avais pas réussi à sauver la demoiselle en détresse, me moqué-je pour le dérider.

Ses mâchoires se contractent, ses pupilles me foudroient. Raté.

– T'oses plaisanter, Blake ? Alors que j'essayais de toutes mes forces de te ramener ? Qu'est-ce que tu crois que ça m'aurait fait si je n'y étais pas arrivé, hein ?

– Je... J'en sais rien, bredouillé-je.

– C'est ça, t'en sais strictement rien.

Son ton emporté m'interpelle une fois de plus, et cette fois encore, je ne parviens pas à déterminer la raison de sa fureur. Alors tout en m'efforçant de flotter, je tends les doigts vers sa joue afin de la caresser, comme si ce simple geste me permettait de le délester un peu de ce qui le tourmente. Hayden ferme les yeux, puis pose sa paume sur le dos de ma main afin qu'elle y demeure.

– Je suis là, murmuré-je.

Je me rapproche de lui au point que mes seins s'écrasent sur son torse, et de ma main libre, je dégage les mèches de son front. Quand il me regarde enfin, ses prunelles ne reflètent plus la frayeur qui l'étreignait plus tôt, mais une foutue détermination.

– Tu es là, confirme-t-il.

Ses mots n'ont pas le temps de s'évanouir au sein du silence de la grotte que ses lèvres percutent les miennes. Ce n'est plus une ébauche de baiser ni une tentative de me réanimer. Non. Il s'agit d'un véritable putain de baiser qui m'ébranle complètement. Qui provoque une déflagration, se propageant jusqu'à mon cœur, qui embrase mon corps comme aucun autre n'en a jamais été capable.

Hayden

Malaise.

Voilà le mot qui décrit l'ambiance dans laquelle nous évoluons depuis ce baiser que nous avons échangé, poussés par cette envie pressante de ne faire qu'un ou alors c'était pour apaiser la peur que j'ai éprouvée lorsque j'ai cru la perdre. Un baiser passionné auquel elle a activement participé, soit dit en passant. C'était si intense que je n'ai pas pu contenir mon désir, la situation prenant le dessus sur ma raison. J'ai imaginé des tas de fois embrasser Blake, toutefois la réalité a surpassé toutes mes attentes. C'était une expérience sensorielle et émotionnelle puissante, éveillant tous mes sens et créant une intimité profonde avec elle.

Cette fille me rend fou et plus je passe de temps à ses côtés, plus je m'y attache. Parfois, j'ai l'impression de profiter de sa vulnérabilité face à l'échec de son mariage. J'ai essayé de ne pas céder à cette tentation, seulement, c'est plus fort que moi, je ne peux m'empêcher de me sentir attiré par elle. J'ai outrepassé les limites en m'imposant à sa lune de miel et maintenant, je flirte carrément avec l'ex-copine de mon pote ! Et le pire dans tout ça, c'est que je ne regrette rien.

Putain, mais quel con !

J'ignore où va nous mener cette histoire. Elle a craqué sous le coup de l'émotion, tout simplement, et à présent, elle me fuit comme la peste. Moi aussi d'ailleurs. Depuis notre retour à l'hôtel, nous avons évité de parler de ce moment d'égarement, et nous agissons comme si de rien n'était. Seuls nos regards fuyants et ce malaise évident entre nous révèlent que quelque chose s'est bel et bien produit. Cependant, pour le moment, aucun de nous deux ne semble assumer ce putain de baiser !

Après mon acte irréfléchi dans la grotte, j'ai décidé de prendre mes distances en répartissant mes journées entre le transat au bord de la piscine de l'hôtel et mes promenades sur l'île à photographier le magnifique paysage paradisiaque qui s'offre à moi avec la diversité de sa faune et de sa flore. Pendant ce temps, Blake s'occupe de ses affaires dans notre bungalow ou visite le coin avec un guide. J'espérais qu'en restant à l'écart l'un de l'autre pour quelques jours, elle oublierait mon élan de passion.

Mais ça fait déjà deux jours, et on ne peut pas continuer à s'éviter durant le reste du séjour ! Pour calmer le jeu, je décide d'opter pour une attitude zen et naturelle, qui pourrait induire chez elle la même sérénité et désinvolture qu'à l'accoutumée.

Tandis que je me rends à notre cabanon, j'en profite pour

consulter le planning des activités proposées par l'hôtel. Je découvre qu'un dîner bahaméen est au programme, suivi d'une soirée dansante. Ce serait l'occasion pour Blake d'oublier toutes les péripéties qu'elle a traversées, notamment l'échec de son mariage, sa rencontre avec les cochons, sa plongée foireuse qui aurait pu mal tourner, et accessoirement, ce baiser qui, depuis, nous impose cette distance devenue ingérable pour moi. Cette soirée pourrait nous permettre de retrouver nos chamailleries habituelles qui, je l'avoue, commencent à me manquer.

J'ouvre la porte de notre chambre avec enthousiasme pour adoucir tout de suite l'ambiance tendue des derniers jours :

– Blake ! Prépare-toi, c'est soirée dansante et cuisine bahaméenne à l'hôtel ! Il ne faut surtout pas louper ça ! La nourriture a l'air délicieuse et la démonstration de danse traditionnelle, captivante.

Blake est allongée sur le lit en train de lire un bouquin.

– J'suis crevée, Hayden ! Les émotions de ces derniers jours m'ont tuée… les cochons ont failli y parvenir d'ailleurs, et je ne parle pas de notre excursion dans la grotte… enfin, tu vois ce que je veux dire, bredouille Blake en détournant le regard.

OK, elle n'a visiblement pas oublié le baiser et semble même le regretter.

Putain, mais qu'est-ce qui m'a pris de l'embrasser ?

Sans me démonter et en essayant de masquer mon désarroi, je tente malgré tout de la convaincre :

– C'était il y a deux jours, Blake ! Bon, on ne peut pas affirmer que notre journée sur l'île se soit passée comme tu l'espérais, et avec la malchance qui te colle à la peau, je sais que c'est difficile d'apprécier ton séjour. Du coup, une soirée tranquille à danser et à manger, en évitant les huîtres, ça va de soi, te permettrait de repartir sur de bonnes bases. T'en penses quoi ? proposé-je avec mon air suppliant et mes yeux de chat Potté.

Blake réfléchit à ma proposition en évitant de me regarder, me tourne le dos et me répond tout en se dirigeant vers la salle de bains :

– Va pour ta soirée ! Mais hors de question de me taper une indigestion qui me clouera au lit pendant vingt-quatre heures ! Pour moi, ce sera pizza !

Je ne peux m'empêcher de me marrer en voyant Blake dévorer tous les mets culinaires bahaméens avec délectation. Elle n'a fait qu'une bouchée de la conque, plat national des Bahamas, qui est un délice pour les papilles. Le mollusque étant cuit, elle prend moins de risque qu'avec des huîtres pas fraîches. Autant dire que la pizza a vite été expédiée aux oubliettes quand le buffet installé au bord de la piscine nous a fait de l'œil.

Elle a l'air de se régaler, d'autant que les cocktails artisanaux aux saveurs de tamarin, de corossol, et d'ananas fumé paraissent également à son goût. Sa bonne humeur est communicative, et le sourire qui illumine son visage me donne le sentiment d'avoir réussi à lui faire oublier, ne serait-ce que pour un soir, tous ses soucis.

Nous finissons par nous retrouver sur la piste de danse, animée par un DJ proposant une musique plus conventionnelle. Blake se déhanche sur le rythme effréné, boostée par les nombreux cocktails qu'elle a avalés. Me laissant aller à mon tour, je me trémousse sur la piste, imitant ses mouvements endiablés. Quand une mélodie plus lente, aux sonorités latinos, emplit le restaurant, je me rapproche d'elle pour entamer une bachata des plus torrides. En effet, grâce à Tyler, je suis devenu un expert de cette danse. Lui et Blake ont pris des cours pendant des mois. Mon pote, se sentant ridicule, avait eu la bonne idée de m'embarquer dans ce délire en convainquant ma copine de l'époque de se joindre à eux.

Je lui tends ma main afin de l'inviter à danser avec moi. Quand elle la saisit, je place l'autre sur sa hanche et l'attire doucement à moi, la pression de son corps contre le mien faisant monter en moi une vague de désir. Elle enroule ses bras autour de mon cou et se laisse guider par nos gestes fluides et sensuels. C'est la première fois que je danse avec Blake et je suis étonné de voir à quel point nos corps s'assemblent parfaitement, nos mouvements se calquant en harmonie. Elle lâche prise et semble confiante, se soumettant à mes directives, tandis que je suis entraîné dans le tourbillon d'érotisme qui émane d'elle. Nos corps ne semblent faire plus qu'un. C'est juste magique et je sens chaque fibre de mon être s'enflammer à son contact.

Encore une fois, je ne peux que remercier Tyler pour cette fabuleuse idée avec ces cours de danse !

Les lumières tamisées nous enveloppent, créant une atmosphère intime et chaleureuse. Nos regards se croisent, chargés d'une intensité presque palpable, alors que nous nous déplaçons ensemble sur la piste. Mes gestes sont fermes, mais tendres à la fois, ma main caressant doucement son dos alors qu'elle se love contre moi. Blake ondule ses hanches, enchaîne des vagues, des cambrés, des ronds de bassin qui me galvanisent.

Hypnotisé par la sensualité qu'elle dégage, j'ai de plus en plus de difficultés à maîtriser mon membre qui ne cesse de gonfler au moindre de ses effleurements. Si son corps pouvait parler, il me crierait : « Je suis une femme fatale, j'ai confiance en moi et je m'affirme ! »

Et putain, c'que ça me fait bander !

Impossible qu'elle ne sente pas mon excitation dressée entre ses cuisses et pourtant, elle ne cesse d'attiser mon désir.

Les mouvements deviennent plus lascifs, plus audacieux. Ses mains explorent mon torse, tandis que son souffle se raréfie, Blake glisse le long de mon corps, avant de remonter avec une grâce presque animale.

Nous dansons ainsi pendant un temps qui me semble infini, perdus dans notre propre univers de désir et de passion. La musique s'estompe peu à peu, remplacée par le son de nos respirations haletantes et le battement de nos cœurs. Je ne contrôle plus mes mains qui frôlent le creux de ses reins avec délicatesse, à la lisière de ses fesses bombées qui sont un véritable appel au péché. Chacun de ses frottements provoque une vague de chaleur qui ne fait que me consumer un peu plus chaque seconde. Son parfum addictif aux notes sucrées m'enivre.

Je resserre ma prise sur elle et presse sa poitrine contre mon torse. Comme un camé, j'enfouis mon visage dans son cou pour inhaler ses effluves à pleins poumons. Les frissons qui dévalent la surface de sa peau et le gémissement qui s'échappe de sa bouche détruisent les dernières barrières que je tentais de maintenir. Je glisse alors ma main sur sa nuque pour la rapprocher davantage et lui murmure à l'oreille :

– Si tu ne cesses pas tout de suite de gémir, j'te préviens, je ne réponds plus de rien.

Elle se libère alors de mon emprise, tourne son visage vers le mien, susurre au plus près de mes lèvres :

– Alors, je vais continuer de gémir, Hayden.

Le souvenir du baiser de la grotte et les sensations démentielles que j'ai éprouvées remontent à la surface. J'ai tenté, pendant deux jours, de taire ce désir ardent pour cette fille, d'étouffer l'envie de l'embrasser de nouveau, par culpabilité et convaincu qu'elle regrettait ce geste. Mais la frustration de la savoir si loin de moi tout ce temps et la détermination que je lis à cet instant dans son regard, font s'écrouler toutes mes bonnes résolutions.

Et ses paroles qui me prouvent qu'elle a autant envie que moi de recommencer cette douce folie me pousse à fondre sur ses lèvres délicates. Je sens sa bouche s'entrouvrir pour laisser ma langue s'introduire et la goûter. Je l'enroule autour de la sienne et poursuis mes assauts langoureux. Elle répond avec passion, notre baiser devenant de plus en plus ardent. Elle fourrage dans mes cheveux et intensifie ce moment frénétique en dévorant et en me mordillant avec délectation.

Mon palpitant au bord de la rupture, je me détache de ses délicieuses lèvres à contrecœur pour reprendre mon souffle, haletant et souriant, les yeux brillants d'une satisfaction intense. La danse nous a rapprochés d'une manière qu'aucun autre moyen n'aurait pu permettre, surtout avec cette distance que nous nous sommes imposée.

Si elle continue, je suis capable de la baiser là, maintenant, sur l'une des tables du restaurant, et je ne suis pas convaincu qu'elle apprécie. Je lui propose alors une autre option :

– Et si on allait sur la plage pour prendre l'air ? Parce que tu es à la limite de me déclencher une combustion spontanée.

Sa moue malicieuse et son sourire en coin me prouvent qu'elle apprécie l'état dans lequel elle me met et finalement, elle me suit jusqu'au bord de la mer, ses doigts entrelacés aux miens. Sur le chemin, nous restons silencieux, encore sous l'euphorie de cet échange intense et surréaliste.

Je récupère une serviette mise à disposition des clients près des transats avant de nous aventurer sur le sable doux et chaud. Hormis nous deux, la plage est déserte. La lueur du soleil couchant a laissé place à celle de la lune et des étoiles qui illuminent le ciel. Les vagues s'échouent doucement sur la rive, et une douce brise marine rafraîchit l'air et soulage les bouffées de chaleur que m'occasionne ma petite furie depuis tout à l'heure. J'invite Blake à prendre place sur la serviette que j'ai étendue face à la mer et m'installe à ses côtés. Allongés, serrés l'un contre l'autre, nous admirons les astres scintillants au-dessus de nos têtes. Je ferme les yeux un instant pour réaliser que je ne rêve pas et que je suis toujours bel et bien ancré dans la réalité, mon fantasme depuis des années collé contre mon flanc.

Mais quand je les rouvre, Blake s'est installée sur moi à califourchon, le visage à quelques centimètres du mien. Nous nous regardons fiévreusement, nos prunelles brûlant d'un désir ardent révélant l'envie qui nous anime. Elle brise enfin le silence :

– On en était où déjà ?

Et sans même me laisser le temps de répondre, ses lèvres s'emparent des miennes. Nos langues ont pris le relais de notre bachata en se lançant dans un ballet des plus sensuels. Son bassin ondule au même rythme que nos langues, et ses frottements de plus en plus frénétiques sur mon entrejambe provoquent une érection douloureuse. Blake geint légèrement, s'abandonnant à la douceur de mes caresses. J'explore lentement son corps, effleurant chaque centimètre de sa peau. L'une de mes mains se faufile sous son débardeur et frôle ses seins du bout des doigts. Au travers du fin tissu de son soutien-gorge, je sens son téton pointer et se durcir sous chaque cajolerie que je lui inflige. Je les glisse alors dans son balconnet et pince son bout avec ferveur, ce qui lui déclenche un râle que j'étouffe aussitôt avec ma bouche.

Pendant ce temps, mon autre main s'engouffre sous sa jupe, empoigne ses fesses et accompagne les mouvements indécents qu'elle effectue le long de ma queue. Je continue de l'embrasser avec fougue, tout en caressant doucement son intimité à travers la dentelle. Blake gémit de plaisir, incapable de retenir ses émotions. Ses mains s'agrippent à mes épaules tandis qu'elle accentue notre baiser, puis déboutonnent ma chemise, révélant mon torse musclé. Ses doigts courent sur mes pectoraux, suivent le contour de mes abdominaux.

Elle finit par décoller ses lèvres des miennes pour reprendre son souffle et admirer la vue qui s'offre à elle. Blake parsème ensuite ma peau de baisers mouillés de mon cou jusqu'à mon pubis. Une vague de frisson dévale le long de mon échine. Paupières fermées, je me délecte de son étreinte électrisante. Mais lorsque sa main s'immisce dans mon caleçon et empoigne mon sexe tendu, sans crier gare, le visage de Tyler s'incruste dans mon esprit.

Des flashbacks de Blake désabusée au pied de l'autel. De Blake en pleurs. De Blake bourrée tentant d'oublier sa peine.

Les doutes m'assaillent, la culpabilité me submerge.

Et si elle faisait ça pour oublier ? Et si je n'étais qu'une distraction pour se venger de mon pote ? Et moi, quel genre d'ami je suis à profiter de la connerie de Tyler et de la vulnérabilité de Blake ?

Putain ! Mais qu'est-ce que je fous ! ?

Dans un sursaut de lucidité, je me redresse violemment, faisant rouler Blake sur le côté.

– Hayden, qu'est-ce qui se passe ? demande-t-elle, déboussolée.

– Je suis désolé, mais je crois qu'on fait une connerie.

Je me relève précipitamment et laisse ma brune en plan sur la plage. J'aurais aimé succomber à ce désir mutuel, et prolonger cette soirée torride jusqu'à l'aube, mais je me sens impuissant face à cette situation que je ne maîtrise plus. Sans me retourner, je m'échappe et m'engouffre dans la noirceur de la nuit.

Il est quatre heures du matin quand je rentre au bungalow. La chambre est plongée dans l'obscurité et quand j'entends le souffle régulier de Blake briser le silence de la nuit, je sais qu'elle dort paisiblement. Je récupère mon oreiller et une couverture et m'installe sur le canapé. Finalement, j'aurais fini par dormir sur ce foutu sofa.

Ce soir, je me sens incapable de partager le lit avec elle. Cette impression d'avoir profité de la situation ne me quitte plus. Avec les nombreux verres qu'elle s'est enquillés, je ne suis pas certain qu'elle avait l'esprit clair et la connaissant, elle me l'aurait très certainement reproché dès que les effets de l'alcool se seraient dissipés. Je ne veux pas être une roue de secours ni une distraction et encore moins passer pour un profiteur. J'ignore si Tyler a une bonne excuse pour l'avoir plantée le jour de son mariage, même si j'en doute fortement, et tant qu'on n'aura pas obtenu d'explications, il sera difficile pour moi d'envisager quelque chose avec celle, qui pourtant, me fait tourner la tête depuis des années.

9

Blake

Nuit de merde.

J'ai passé une putain de nuit de merde. Les cochons n'ont pas réussi à avoir ma peau, l'eau un peu trop salée de Thunderball non plus, mais je vais crever d'une foutue frustration sexuelle poussée à son paroxysme.

Bordel.

Et dire que je n'ai même pas emporté dans ma valise mon joli petit canard en plastique rose bonbon aux modes de vibrations multiples puisque j'étais censée vivre une lune de miel de rêves avec tout ce qui l'accompagne… Lune de miel qui s'avère être un véritable fiasco.

Pourtant, j'étais persuadée que Hayden éprouvait quelque chose pour moi, ne serait-ce qu'un micro-truc de rien du tout, mais je me suis lourdement trompée. C'est la première fois qu'un mec refuse de coucher avec moi, et je peux vous assurer que mon ego en a pris un sacré coup. Larguée à son propre mariage, abandonnée sur une plage juste avant de s'envoyer en l'air… En réalité, je crois que je suis le genre de fille qu'on laisse en plan.

De rage, j'envoie valser d'un revers de main les produits de beauté entreposés sur la vasque de la salle de bains. Les flacons s'écrasent au sol avec fracas, s'éparpillent en une myriade de morceaux plus tranchants les uns que les autres. Je soupire d'exaspération, puis entreprends de les ramasser. Mais à l'instant où mes doigts se referment sur l'un d'eux, la porte qui s'ouvre à la volée me fait sursauter, et bien entendu, l'éclat entaille ma paume.

– Tout va bien ? s'écrie Hayden en déboulant dans la pièce comme une furie.

Je lève la tête vers lui. De toute évidence, au vu de ses cheveux ébouriffés et de son visage fatigué, il vient de sortir du lit, ou du moins, du canapé, et je suis ravie d'être à l'origine de son réveil précipité. Même si je rêve de lui balancer que tout le merdier qui s'étend à nos pieds reflète le bordel régnant dans ma tête à cause de son putain de comportement de la veille, je garde les lèvres pincées, le gratifiant seulement de mon indifférence.

Il s'agenouille soudain, attrape mon poignet afin d'examiner ma main.

– Merde, Blake, qu'est-ce qui t'a pris ?

Il s'empare de la petite serviette traînant sur l'évier pour panser la plaie dont le sang s'écoule et imbibe le tissu. Je grimace lorsqu'il exerce une pression sur la coupure pour arrêter l'hémorragie. Hayden saisit mon menton entre son index et son pouce dès qu'il perçoit ma moue, et m'examine avec attention.

Après m'avoir humiliée hier soir, il ose agir avec moi comme si de rien n'était ? C'est bien lui qui m'a embrassée, caressée au point où j'étais à la limite de perdre la tête. D'ailleurs, j'ai l'impression de sentir encore ses mains s'égarer le long de mes courbes, sur mes seins, et… plus bas. Une bouffée de chaleur colore d'emblée mes joues, de violents picotements émanent de mon bas-ventre. Je me dégage vivement de sa poigne pour m'écarter de lui, et inspire profondément pour atténuer ce feu qu'il allume en moi. Je saute sur mes pieds d'un geste prompt, prends garde aux brisures jonchant le carrelage pour ne pas me blesser davantage, et sors de la salle de bains.

– Putain, Blake, où tu te barres comme ça ?

– Quelque part où tu n'es pas ! beuglé-je en daignant enfin lui adresser la parole.

Je ne prends pas la peine de me retourner malgré le son de sa voix qui parvient jusqu'à moi, et la seule réponse que je lui offre, c'est la porte du bungalow qui claque derrière moi.

Je marche à travers les allées extérieures de l'hôtel sans réel but, tant que ça me permet de fuir Hayden. J'ai besoin de prendre l'air loin de lui pour remettre mes idées en ordre. Oui, j'ai des sentiments pour lui, non, je ne devrais rien ressentir, or c'est pourtant le cas. Je l'ai su à l'instant où nos lèvres se sont rencontrées, dans cette grotte, où nous étions seuls au monde. À cet instant où mon cœur s'est mis à battre à limite de l'explosion. Et hier, sur cette plage, sous le ciel étoilé, c'était si limpide que je n'ai pas hésité une seconde à succomber. Mais c'était trop tôt, je devais me marier avec un autre il y a quelques jours à peine après tout… Et trop tôt pour risquer d'abîmer encore plus mon petit cœur fragile. Je crois que tant que je n'aurai pas le fin mot de l'histoire, je ne parviendrai pas à totalement tourner la page.

Je suis en colère. En colère contre Hayden qui m'a menée en bateau, et contre moi surtout, pour avoir fait preuve d'une naïveté aberrante. Pour apaiser ma fureur, je shoote dans un caillou, cependant, en plus de m'écorcher l'orteil, ce dernier percute la personne qui arrive en face. Non, mais est-ce possible d'avoir autant la poisse ?!

– Aïe !

Rouge de honte, je lève tout de même les yeux en direction de la voix grave et profonde qui vient de s'élever. Un homme à la stature imposante me fait face, se massant le tibia.

– Désolée, marmonné-je, confuse.

Il se redresse aussitôt, m'accorde un sourire éblouissant qui met en valeur sa peau sombre. Son visage est affable, malgré ses courbes abruptes qui durcissent ses traits, et semble approcher de la quarantaine. Néanmoins, l'air enjoué qui l'imprègne lui donne l'air plus jeune.

– Pas de souci, répond-il avec empressement en passant sa main sur son crâne rasé.

Je lui rends son sourire, plus contrit, avant de poursuivre mon chemin.

– Mais si vous souhaitez vous faire pardonner pour avoir tenté de m'agresser vous pouvez toujours me payer un verre, ajoute l'inconnu.

Je freine des quatre fers, effectue une vive volte-face. L'homme me jauge d'un air appréciateur, et je dois avouer qu'il est assez séduisant. D'autant que sa chemise en lin ouverte sur son torse laisse entrevoir une musculature pas dégueulasse du tout.

Alors quoi, j'agresse, par mégarde cela va de soi, un mec, et j'écope d'un rencard ?! Ce monde est dingue.

– Vous payer un verre, vraiment ? répété-je en arquant un sourcil.

Il avance vers moi, s'incline légèrement à la manière d'une révérence.

– Mais je suis bon prince, j'accepte de vous l'offrir pour cette fois, lance-t-il, un brin taquin.

Séduisant et audacieux, le combo est pas mal, je l'avoue, surtout que physiquement, il est à l'opposé de celui auquel je refuse de songer, ne serait-ce que pour quelques heures. Un verre, ça ne m'engage à rien, pas vrai ? Et je n'en serais pas là si celui dont je refuse de prononcer le nom ne m'avait pas repoussée cette nuit après tout !

– Alors allons-y ! m'exclamé-je sur un ton jovial qui, pourtant, sonne faux à mes oreilles.

Diego, puisque c'est ainsi qu'il s'est présenté tandis que nous arpentions les chemins de pierre sinuant entre les divers bâtiments, me conduit vers la piscine secondaire qui comporte un bar immergé. Par chance, j'ai pensé à enfiler mon bikini ce matin, et à me raser les jambes également, mais la température est si élevée aujourd'hui que je frissonne en entrant dans l'eau. Diego saisit ma main pour m'inviter à le suivre, et lorsque je me hisse sur l'un des tabourets et que l'eau m'arrive à la taille, je peine à retenir un petit cri.

En vrai gentleman, mon compagnon éphémère ne relève pas, et se contente de me demander ce que je désire boire avant de me commander un mojito qu'il met sur sa note, ce qui entre nous ne m'étonne guère, puisque je ne sais pas où il aurait dissimulé un quelconque moyen de paiement dans le moule-bite rouge fluo qu'il porte.

Nom de Dieu ! Si j'avais su que son bermuda renfermait une telle horreur, j'aurais décliné l'invitation sur-le-champ. Car oui, j'ai une sainte horreur de ces bouts de tissu moulant à l'extrême le service trois-pièces comme s'il était un trophée à exhiber ! Et là, je me crois dans un mauvais remake d'Alerte à Malibu, bon sang !

Je m'efforce alors de me concentrer sur le verre à pied orné d'une jolie rondelle de citron vert. J'ignore l'heure qu'il est, je me suis barrée du bungalow sans emporter mon téléphone, mais je suis en vacances, et en vacances, il n'y a pas d'heure pour s'envoyer un mojito ou deux, pas vrai ?

– En vacances ? me questionne Diego comme s'il était branché sur la fréquence de mes pensées, et je prie pour qu'il ne perçoive pas ce que m'inspire son maillot de bain… minimaliste.

J'acquiesce, et lui retourne la question. Il est venu pour un séminaire pour son boulot, boulot dont je n'ai absolument rien compris, et je le soupçonne d'en faire des caisses pour m'impressionner.

Vas-y, impressionne-moi, coco, tu n'es qu'une distraction insignifiante.

– Et… vous êtes venue accompagnée ?

Ça y est, nous voilà à la question fatidique qui lui indiquera s'il a une chance de me mettre dans son lit. Je suis à deux doigts de le remballer, puis je me souviens soudain que je n'ai aucune raison de le faire. Il m'a payé un verre, je peux me montrer un minimum polie, et ce n'est pas comme si je comptais pour quelqu'un, hein, et surtout pas pour…

Putain, Blake, cesse tout de suite de penser à cet abruti !

– Je suis seule. Libre comme l'air. J'avais besoin de faire un break, l'informé-je avant d'avaler une gorgée de mon cocktail.

Diego semble d'emblée intéressé, et si c'était possible, je suis sûre qu'il aurait essayé de rapprocher son tabouret du mien. Dieu merci, ils sont boulonnés au fond de la piscine, ce qui l'empêche de prendre ses aises. Cependant, mon soulagement n'est que de courte durée lorsqu'un timbre que je reconnaîtrais entre mille retentit derrière moi.

– Libre comme l'air, vraiment ?

Je me crispe sur mon siège, et davantage encore quand le bras de Hayden s'enroule autour de mes épaules. Non, mais depuis quand est-il là, celui-là ?

Les yeux de Diego s'écarquillent d'incompréhension une seconde, avant qu'il ne se lève de son tabouret pour se mesurer au nouveau venu. Il dispose d'une large carrure, de biceps dont le diamètre équivaut à celui de mes cuisses, c'est pour dire. Et je suis persuadée qu'une pichenette réussirait à mettre Hayden au tapis.

Bon, j'exagère un chouia, je vous l'accorde.

– Un problème ? s'enquiert le mastodonte en croisant ses bras musculeux sur son torse qui l'est tout autant.

Hayden se poste à mes côtés sans se détacher de moi et ne se laisse pas démonter.

– Quand je surprends un mec draguer ma nana, ouais, ça me pose un problème, rétorque-t-il avec un aplomb démentiel.

Je crois que ma mâchoire vient de se décrocher.

– Pardon ? m'insurgé-je en me décollant de lui.

Hayden me jette un coup d'œil, et la mine insolente qu'il affiche me hérisse.

– Oula ! s'écrie aussitôt Diego en levant les mains devant lui en signe de reddition. Je suis juste là pour m'amuser, pas pour récolter des emmerdes.

À peine ferme-t-il la bouche qu'il file sans demander son reste. Je n'en reviens pas du terme qu'a osé employer Hayden pour me qualifier. Sa *nana*, vraiment ?

– Tu es content de toi ? lui demandé-je en triturant le parasol en papier de mon cocktail.

– Ça t'arrive souvent de fricoter avec le premier venu ? riposte-t-il, acerbe.

Par réflexe, je broie le petit parasol inoffensif entre mes doigts. J'inspire profondément afin de tenter de réprimer la crise de nerfs qui menace de poindre avant de reporter mon attention sur mon voisin.

– T'es sérieux, là ? T'es en train de piquer une putain de crise de jalousie ?

Hayden se renfrogne. Je rêve.

– Je pense juste bon de te rappeler qu'hier, ta langue était dans ma bouche.

Cette fois, c'en est trop, et la gifle fuse. Sous l'impact, la tête de Hayden effectue une rotation à presque 180 degrés, et quand il me fait de nouveau face, ses pupilles sont empreintes d'un étonnement mêlé à la colère, sa joue porte le stigmate écarlate de ma paume.

– Va te faire foutre, Johnson !

10

Blake

Je traverse la piscine aussi promptement que mes lamentables compétences aquatiques me le permettent, sans me préoccuper une seule seconde des gerbes d'eau que je provoque dans mon sillage et qui éclaboussent un couple enlacé non loin qui pue l'amour.

Je fonce vers le transat où sont entreposées mes affaires, enfile à la va-vite mon débardeur sur ma peau mouillée, noue tant bien que mal mon paréo autour de ma taille, puis chausse mes tongs qui claquent au rythme de mes pas rapides. Pas assez visiblement, puisque Hayden a décrété qu'il n'en resterait pas là.

– Blake !

Je poursuis ma course sans me retourner. Je crois que je suis en train de faire une *overdose* de ce mec.

– Putain, Blake, tu comptes un jour arrêter de fuir dès que t'es incapable de gérer un truc ? hurle-t-il de plus belle.

– Dès que je suis incapable de gérer un truc ? braillé-je à mon tour en zappant ma résolution de l'ignorer.

Il me rattrape en quelques enjambées, se plante devant moi, les poings sur les hanches.

– Ouais. Te barrer à des milliers de kilomètres au lieu de confronter ton fiancé par exemple, ou encore, à nous.

Bam.

Ses mots me percutent avec une violence à laquelle je ne m'attendais absolument pas.

– C'est vache, même pour toi, Johnson, noté-je, une boule dans la gorge.

Un voile de culpabilité passe dans son regard. Conscient qu'il m'a blessée, Hayden ouvre la bouche pour parler, mais je ne lui laisse pas l'occasion d'en placer une.

– Et je te ferais remarquer qu'entre nous, celui qui ne gère rien, c'est toi ! C'est toi qui as insisté pour venir, toi qui passes ton temps à me faire du rentre-dedans depuis qu'on a atterri sur cette foutue île ! Toi qui m'as cassé les ovaires pour squatter mon lit ! poursuivé-je en enfonçant mon index dans son torse. Et c'est encore toi qui m'as embrassée dans cette grotte puis sur cette piste de danse !

Hayden recule sous l'assaut furieux de mon doigt, jusqu'à ce que son dos bute contre l'un des bungalows.

– C'est bien toi aussi qui m'a repoussée hier soir, nan ? Et tu oses te pointer en jouant les mecs possessifs ? Alors quoi, je te dégoûte assez pour que tu ne veuilles pas coucher avec moi, mais pas assez pour me laisser discuter avec un autre ? Tu t'amuses à souffler le chaud et le froid, et c'est moi qui ne gère pas ?!

Mes poings s'abattent sur lui, et il me saisit les poignets avec force pour stopper ma frénésie avant de me conduire à l'abri des regards indiscrets.

– Tu piges que dalle, Blake, maugrée-t-il en me coinçant contre le tronc abrupt d'un palmier.

– T'as raison, je pige que dalle quand…

– Mais bon sang, tu veux bien la fermer deux minutes pour me laisser aligner deux mots ? me coupe-t-il sur un ton ne souffrant aucune réplique. La vérité, c'est que tu me rends dingue, j'ai envie de toi à longueur de temps.

Il relâche mes poignets, et sa main s'égare sur mes côtes, sous le tissu de mon haut. Je retiens mon souffle, consciente de ce que son contact déclenche en moi. Ainsi que ses mots. Je le rends dingue et il a envie de moi. Mon cœur s'emballe d'emblée, mes sens se brouillent. Si Hayden est sincère, cela sent les complications à plein nez, et bien qu'une part de moi adorerait qu'il me complique la vie, je ne suis pas sûre d'avoir besoin de ça en ce moment.

– Partager le même lit que toi sans te toucher est une torture, et lorsque tu m'envoies chier, j'ai juste envie de faire taire cette bouche trop insolente avec la mienne.

Je déglutis difficilement tandis que son pouce suit le contour de ma lèvre inférieure dans un geste exhalant d'érotisme.

Merde.

Pourquoi suis-je si réceptive ?

Et quand son corps se colle au mien, je ne peux nier son érection qui enfle contre mon ventre et qui éveille un brasier entre mes cuisses.

– Mais hier, pourtant…, balbutié-je, manifestement dépouillée de mes facultés cognitives.

– Hier, j'ai pris peur, putain. Tu es la copine de Tyler, et j'suis pas censé toucher ne serait-ce qu'à un cheveu des copines de mes potes. Pourtant, avec toi je ne peux pas m'en empêcher, c'est plus fort que moi ! Alors ouais, j'ai peur de ce que je ressens, je culpabilise de te vouloir. D'autant que tu portes encore sa bague de fiançailles, ce qui me rappelle à chaque seconde que je n'ai pas le droit de te désirer, putain ! s'emporte-t-il en se pressant davantage contre moi. Et j'veux pas être un lot de consolation, Blake.

Qu'il évoque Tyler me fait l'effet d'un seau d'eau glacée balancé en pleine tronche et a le don de raviver ma colère.

– Si ce n'est que ça, ça peut s'arranger !

Je saisis l'anneau orné d'un diamant, enfin, selon les affirmations de Tyler, et l'ôte de mon annulaire avant de le jeter dans les fourrées environnantes. Sous la surprise, les yeux de Hayden papillonnent. Cependant, me délester du bijou ne me déleste pas pour autant de la fureur que ses propos ont engendrée en moi. Je ne suis plus la copine, ou quoi que soit s'y approchant, de cet abruti qui a préféré me planter en beauté et qui n'a toujours pas daigné me répondre ! Oui, je veux effacer Tyler de ma vie, et non, je n'ai pas besoin de Hayden pour y parvenir.

– Finalement, ce n'est pas plus mal que tu ne m'aies pas baisée hier soir, car tu as raison, ça aurait été une connerie. Coucher avec un type qui est convaincu que je m'enverrais en l'air avec lui juste pour oublier un autre, ouais, c'est une putain de connerie.

D'un coup sec, je dégage sa main, me détache de lui, et m'échappe avant qu'il ne cherche à me retenir.

Je suis paumée. Complètement paumée, et je déteste ce sentiment. En réalité, je ne parviens pas à cerner Hayden, et en y réfléchissant, c'est cela que j'exècre le plus. Et qu'il soit persuadé que je l'utilise pour cesser de penser à Tyler… Sa si piètre opinion de moi me reste en travers de la gorge.

J'enfonce ma cuillère dans le pot de crème glacée posée entre mes jambes, puis l'enfourne dans ma bouche tout en observant le coucher de soleil. Je suis seule sur la terrasse de notre bungalow, à m'empiffrer comme si la glace cookie caramel était en mesure de panser mon petit cœur meurtri.

Pff, tout ce dont ce truc hors de prix est capable, c'est d'augmenter mon tour de hanches.

J'ai cru que Hayden allait me courir après, mais il s'est contenté de me laisser m'éloigner. Si seulement ce mec parvenait à communiquer clairement ! Je vous jure, on parle des nanas, mais lui nécessite un décodeur haute technologie !

Des éclats de voix se confondant avec de la musique attirent mon attention. Je tends l'oreille, et reconnais le dernier titre à la mode, massacré en bonne et due forme, ce qui ne signifie qu'une seule chose : karaoké.

Vous ai-je déjà fait part de ma passion pour le karaoké ? Je chante comme une casserole sur le point de rendre l'âme, mais j'adore me trémousser derrière un micro en beuglant des paroles approximatives. C'est un exutoire fabuleux et c'est pile ce dont j'ai besoin là, tout de suite.

Je range le pot de glace à l'intérieur du mini congélateur du tout aussi mini frigidaire de la chambre pour me rendre dans la salle de bains. J'opte pour un maquillage minimaliste, abandonne l'idée de dompter ma crinière brune qui renforce l'image sauvage que je renvoie, et choisis une robe légère noire. Satisfaite du résultat, je quitte le cabanon en quête du lieu de la soirée. Je n'ai besoin que de quelques minutes pour dénicher la provenance du bruit, et me diriger vers la paillote en bord de plage qui a été converti en karaoké pour l'occasion.

L'endroit est déjà bondé, les touristes sont agglutinés autour des tables hautes rustiques, occupés à siroter d'impressionnants cocktails multicolores et à écouter une jeune femme qui s'époumone sur un titre de Shakira. Je me fraye un chemin parmi la foule, et dès que l'animateur demande un autre volontaire, je lève la main avec hâte.

Il me désigne avec un grand sourire et je le rejoins près de l'estrade de fortune, feuillette les pages du classeur répertoriant l'ensemble des chansons disponibles quand j'éprouve un étrange pressentiment. Je relève la tête, balaie l'assemblée du regard jusqu'à ce que je surprenne celui de Hayden vrillé sur moi.

Je me retiens de lever les yeux au ciel. À croire que le destin prend un malin plaisir à nous réunir, mais cette fois, celle qui va s'amuser de la situation, c'est moi. J'arrête mon choix sur la chanson parfaite pour l'occasion, en informe l'animateur qui esquisse aussitôt un sourire entendu. Je monte alors sur la scène et m'empare du micro avec assurance. Les spots se braquent sur moi, la brise marine s'engouffre dans mes cheveux, les premières notes de *Flowers* de Miley Cyrus résonnent.

– C'est pour toi, chéri, déclaré-je en pointant du doigt Hayden.

Les gens pivotent vers lui, quelques rires s'élèvent, et je débute ma prestation. OK, je chante horriblement faux, néanmoins je vous assure que j'y mets tout mon cœur. Et puis, l'important, ce n'est pas ma performance vocale, mais bien le message que je délivre. Durant toute la chanson, je m'applique à le fixer, et j'espère que chaque mot qui franchit mes lèvres s'imprime dans son cerveau.

Ouais, je peux m'acheter des fleurs toute seule, mec, et je peux aussi m'emmener danser. Je n'ai pas besoin de toi, Hayden, tu l'entends ça ?

Quand j'achève le dernier couplet, une salve d'applaudissements retentit. Un sourire plaqué sur les lèvres, je tends le micro à l'animateur puis me dirige d'une démarche chaloupée en direction de Hayden qui me déshabille littéralement du regard.

– Ça t'a plu ? m'enquiéré-je en m'installant sur le siège libre à ses côtés.

– Si je comprends bien, je ne peux ni écrire ton nom sur le

sable ni te tenir la main, c'est ça ? murmure-t-il en s'inclinant vers moi.

Malgré ce qu'il me souffle, je sens ses doigts caresser le dos de ma main et mon rythme cardiaque accélère.

– Mais je trouve ta déclaration assez passionnée pour une femme qui clame haut et fort qu'elle est bien mieux sans moi. Par contre, la prochaine fois, ne chante pas, je t'en prie, ajoute-t-il avec un sourire en coin, mes oreilles ne s'en remettront pas.

L'enfoiré !

Je lui balance un coup de poing en direction de son épaule, mais Hayden le saisit au vol et dépose un baiser dessus.

– Maintenant, permets-moi de te rendre la pareille, chérie.

Il vide son verre de whisky d'un trait, et se lève pour gagner la scène dont un homme d'une cinquantaine d'années aux cheveux grisonnants en descend. Il choisit son morceau en quelques secondes, et l'aplomb dont il fait preuve ne me dit rien qui vaille. Je me dandine sur ma chaise, mal à l'aise à l'idée qu'il se venge après le petit spectacle que j'ai offert.

Et… merde. Hayden a jeté son dévolu sur *I was made for lovin' you* de Kiss. C'est la meilleure. Il n'a rien trouvé de mieux que de me répondre avec une chanson d'amour. Une putain de chanson d'amour ! Et plus que suggestive, bordel ! D'autant que cet idiot chante incroyablement bien, et que les mots qu'ils prononcent sont telle une chape de velours, s'incrustant sous ma peau.

Il me sort des excuses pourries pour ne pas m'avoir sautée, mais il s'égosille devant tout le monde qu'il souhaiterait me mettre dans son lit !

Je vois rouge.

Je me redresse brusquement, et tourne les talons sans même attendre la fin de la mélodie.

Le bungalow est désespérant vide, et je suis à deux doigts de le retourner pour évacuer toute ma frustration. Hayden me rend dingue, c'est une certitude, et j'ignore si je désire davantage l'embrasser, ou le tuer.

Sans doute la seconde option.

Tandis que je fais les cent pas, un objet rectangulaire attire mon attention dans mon champ de vision périphérique. Je m'approche du canapé et découvre l'appareil photo de Hayden qui y traîne. Je m'en empare avec délicatesse, l'examine sous toutes les coutures, la curiosité me titillant méchamment. C'est un vilain défaut, je sais, mais je n'en suis plus à un près, n'est-ce pas ?

J'appuie alors sur un bouton afin de l'allumer, puis m'intéresse aux clichés qu'il renferme. Hayden est doué, je lui reconnais au moins ça, sauf qu'à l'instant où je fais défiler les photos, je n'en crois pas mes yeux. Je suis sur pratiquement chacune d'entre elles, et la manière dont il m'a photographiée… chaque prise de vue me sublime. Ce n'est pas l'œil d'un professionnel derrière l'objectif, mais celui d'un homme qui… Impossible.

Hayden ne peut pas être amoureux de moi, c'est tout bonnement impossible.

11

Hayden

Alors que je reprends mon souffle durant ma prestation lors de ce foutu karaoké, je regarde la silhouette de Blake s'enfuir vers les bungalows.

Encore une fois.

Décidément, le caractère de merde de cette nana la pousse sans cesse à prendre la poudre d'escampette quand les choses tournent mal dans sa vie et qu'elle en perd le contrôle. Et cette putain de manie commence à sérieusement me taper sur les nerfs ! Surtout quand elle s'amuse à jouer avec les miens à longueur de journée.

Je ne pensais pas que Blake avait la rancune mauvaise et encore moins qu'elle était aussi susceptible. Comment peut-elle penser un seul instant qu'elle me dégoûte et que c'est pour cette raison que j'ai stoppé notre élan passionné la nuit dernière ? Ne se rend-elle pas compte que cette situation pourrait me mettre dans une position délicate ? A-t-elle oublié que

Tyler est un de mes plus anciens amis et elle, que ressent-elle encore pour lui malgré le sale coup qu'il lui a fait ?

Quand je l'ai surpris avec ce vieux type arrogant qui se prenait pour David Hasselhoff[3], j'ai vu rouge, aussi rouge que son moule bite ridicule ! Elle n'a aucune limite quand il s'agit de me faire payer sa frustration flagrante. Je lui plais, il n'y aucun doute là-dessus, surtout quand je repense à la vigueur de son déhanché sur mon sexe et à l'engouement qu'elle a mis dans ses baisers.

Arrête de penser à ça, Hayden, t'es encore en train de chanter devant des dizaines de personnes qui peuvent être les témoins de l'excitation dans ton caleçon.

Sous les applaudissements du public, je quitte la scène et me dirige vers le bar pour me commander un deuxième whisky. Cette fille me rend dingue et j'ai besoin de l'oublier quelques instants. J'avale d'une traite le nectar ambré et en commande un autre pour étancher ma soif. Ça faisait longtemps que je ne m'étais pas autant donné devant un micro et encore moins pour une fille.

Assis sur le tabouret du bar, je scrute l'horizon où les vagues s'échouent avec une lenteur hypnotique sur le rivage. Avec les chanteurs en herbe en fond sonore, je me laisse porter doucement par l'euphorie que les vapeurs d'alcool me procurent.

La fatigue me rattrape, surtout après cette nuit de merde sur ce foutu canapé. Comme je le craignais, le torticolis était bien présent ce matin à mon réveil. Et ce soir encore, je peux faire une croix sur le confort de notre lit *king size* ! Malgré mon esprit embrumé, une idée lumineuse parvient à éclairer le brouillard dans lequel je plonge inéluctablement. Blake et moi avons besoin de nous retrouver seuls pour discuter, pour clarifier cette situation qui nous consume l'un l'autre. Elle a

---

3 - Acteur jouant dans la série *Alerte à Malibu*.

besoin de savoir… oui, il faut qu'elle sache ce que je tente de réprimer depuis des années et qui me ronge chaque fois que je suis près d'elle. Assumer enfin et cesser de fuir comme elle s'y emploie si bien.

Je lui reproche son comportement, mais je ne vaux pas mieux qu'elle. Un dégonflé, un lâche, voilà ce que je suis, mais demain… demain ça va changer.

Hier soir, de retour dans le bungalow, j'ai retrouvé ma belle endormie, comme la veille. J'ai longtemps hésité avant de finalement rejoindre mon lit de fortune, trois fois trop petit pour ma stature. Mais partager les draps avec elle me semblait inapproprié et trop dangereux, surtout dans l'état dans lequel j'étais.

Les yeux rivés sur son corps vêtu d'une nuisette mettant ses formes généreuses en valeur, éclairé par le rayonnement de la lune, je me suis endormi en lorgnant sa poitrine voluptueuse qui se soulevait à chacune de ses inspirations. Les images indécentes de ma langue léchant avec avidité son téton ou de mes mains empoignant son magnifique cul bien ferme ont envahi mes rêves toute la nuit.

Alors entre un mal de crâne et de dos, ainsi qu'une gaule d'enfer, fort heureusement, je me lève avant l'objet de mes fantasmes nocturnes. Inutile d'apporter de l'eau à son moulin pour me pourrir comme elle sait si bien le faire, ce qui a le don de m'exciter !

Je suis désespérant.

Mon réveil rime donc avec gueule de bois, mais la perspective de la journée qui s'annonce me rebooste. Après une douche glaciale qui me remet les idées en place et un café serré, je me retrouve à la réception de l'hôtel pour organiser notre prochaine sortie, et je n'ai pas intérêt à me foirer si je veux faire la paix avec Blake.

Après l'avoir évitée toute la matinée, je finalise mon sac pour notre excursion en profitant de son absence dans notre chambre. Pour la convaincre de m'accompagner, j'ai prévu une embuscade avec l'aide de la réceptionniste et du loueur de bateaux. Ensuite, je me rends à l'embarcadère. Je dépose mes affaires dans le petit bateau à moteur que j'ai loué pour la journée, et étudie une dernière fois la carte tout en écoutant les directives du commandant.

Le but étant de ne pas se perdre dans ses eaux turquoise et encore moins de s'échouer sur une île déserte, car le fou que je suis a décidé de se passer d'un capitaine.

Et oui, c'est moi qui tiendrai la barre ! Encore un détail que Blake ignore à mon sujet. Avec mon permis bateau en poche, je ne vais pas me priver de naviguer sur ces eaux cristallines et prendre mon pied. Et la compagnie de celle qui me fait tourner la tête va parfaire cette belle journée qui nous attend.

D'ailleurs, en parlant du loup, j'aperçois Blake s'avancer sur le ponton, vêtue d'un mini short blanc moulant ses formes vertigineuses, et d'un simple haut de maillot de bain révélant sa poitrine généreuse qui me fait saliver depuis que mes doigts se sont aventurés sur son galbe parfait. J'essaie de remettre discrètement en place mon membre qui frétille devant cette vue fantasmagorique.

Le visage de Blake se décompose au fur et à mesure que ses pas la conduisent vers moi. Avec la complicité de la réceptionniste qui l'invite à avancer en exerçant une pression de la main sur son dos, elle n'y a vu que du feu et se retrouve, bien malgré elle, sur mon embarcation.

– Bonjour ! la salué-je en lui souriant alors qu'elle pose le pied sur le bateau.

– On peut savoir ce qui se passe ici ? m'agresse-t-elle aussitôt.

– Je t'emmène en expédition sur les îles voisines ! Je pense que cette petite escapade nous fera le plus grand bien ! répondé-je avec enthousiasme.

– Et tu vas me faire croire que tu sais piloter cet engin ? demande-t-elle avec un scepticisme certain.

– Absolument, ma chère ! Tu as devant toi le Capitaine Johnson qui sera à ton service toute la sainte journée, répliqué-je avec confiance.

Je m'approche d'elle et me penche au plus près, l'odeur du monoï sur sa peau me faisant vriller au passage, et je susurre à son oreille :

– Je peux être plein de surprises, trésor.

– C'est une putain d'arnaque ! La réceptionniste m'a annoncé qu'une surprise m'attendait ici, que c'était compris dans la formule « jeunes mariés » ou un truc du genre ! Ne me dis pas que…

– Surprise ! m'exclamé-je en ouvrant grand les bras, un sourire radieux découvrant toutes mes dents.

Elle me fusille du regard.

– C'est une blague ?! Il est hors de question que je parte avec toi seule sur ce bateau, et encore moins si c'est toi aux commandes !

Elle effectue un vif demi-tour pour quitter le navire, mais je la rattrape par le bras in extremis et la retourne face à moi, pressant mes mains sur ses hanches pour l'immobiliser.

– Fais-moi confiance, Dawson, je navigue régulièrement sur l'Hudson. Après la photo, la navigation est l'une de mes autres passions.

Son regard me détaille, cherchant certainement si je dis la vérité.

– Je l'ignorais, avoue-t-elle, surprise.

– Il y a encore beaucoup de choses que tu ignores à mon sujet, Blake, et cette journée nous permettra d'en apprendre un peu plus l'un sur l'autre. On a besoin d'un temps mort, je crois. Enterrons la hache de guerre juste pour aujourd'hui. S'il te plaît ?

Ses yeux ambrés s'ancrent dans les miens, et je parviens à y déceler une lueur de capitulation.

– OK, mais à deux conditions : tu restes loin de moi, et tu évites tes blagues sexistes à deux balles. Sinon, j'te jure que j'te balance par-dessus bord ! crie-t-elle, furieuse.

– Pour les blagues douteuses, je vais faire un effort, mais rester loin de toi, oublie ça. Ce n'est pas en nous évitant que tu découvriras le mec adorable que je suis. Alors, baisse les armes, Xena[4], assieds-toi et profite de cette croisière !

Elle me lance un regard noir avant d'aller s'installer sur les banquettes à l'avant du navire.

Un sourire en coin se dessine sur mes lèvres tandis que je me dirige vers la barre. J'enfile une casquette et ajuste mes lunettes de soleil sur mon nez. Je me sens l'âme d'un capitaine, prêt à partir à l'aventure et à explorer de nouveaux horizons.

Je démarre le moteur et quitte doucement le petit port pittoresque de Staniel Cay, les vagues indolentes mourant sur la coque de notre bateau. L'excitation monte en moi à mesure que nous nous éloignons de la côte et que l'océan s'étend devant nous, infini et mystérieux. Je suis convaincu que cette aventure restera gravée dans nos mémoires pour toujours. Mais j'ignorais encore à quel point.

---

4 - Héroïne de la série télévisée *Xena, la guerrière*.

12

Hayden

Nous approchons enfin de l'île Balmoral où nous allons rencontrer des raies pastenagues, et je croise les doigts pour que Blake apprécie davantage leur compagnie que celle des cochons gloutons. Marcher dans l'eau peu profonde avec ces créatures majestueuses, les nourrir, les caresser et les tenir pendant des minutes entières, doit être un moment captivant.

Cependant, avec la malchance qui semble coller Blake ces derniers temps, je crains que cette plongée ne tourne au cauchemar. Peut-être paniquera-t-elle en apercevant les poissons et finira-t-elle par se noyer pour de bon. Mais je reste optimiste et déterminé à lui faire vivre cette expérience incroyable. J'amarre le bateau à l'endroit indiqué par le guide de l'hôtel. J'espère que ma partenaire aura des étoiles dans les yeux lorsqu'elle verra les raies de près.

– Blake ! Regarde dans l'eau ce qui t'attend ! l'interpellé-je en priant pour qu'elle ne râle pas en découvrant les bestioles avec lesquelles elle est censée nager.

Je l'observe en train de se pencher et s'exclamer de surprise, bien que je craigne qu'il s'agisse plus d'un cri d'effroi que de plaisir. Je m'approche d'elle et elle finit par relever la tête vers moi. Je la regarde dans les yeux et lui souris, essayant de dissiper toute appréhension qu'elle pourrait avoir.

– Tu es prête ? Parce qu'on va faire mumuse avec les raies, et rassure-toi, ces bêtes-là ne mordent pas, dis-je en me moquant un peu d'elle.

– Quoi !? Les admirer de loin me suffit amplement, merci. J'ai la trouille de tous ces trucs gluants, alors me retrouver au milieu pour qu'ils soient partout sur mon corps, beurk, répond Blake en frissonnant de dégoût. Avec ma chance légendaire, elles vont me piquer, et je vais mourir dans d'atroces souffrances.

Je lève les yeux au ciel et secoue la tête.

– Blake, toutes les activités de ces îles consistent à nager avec la diversité de cette faune marine. Si tu ne fais pas l'effort, tu vas passer à côté de quelque chose d'extraordinaire. Je suis avec toi et je te promets que je ne te lâcherai pas, assuré-je en posant une main réconfortante sur son épaule.

Elle prend un moment pour réfléchir, tentant de percer mes pensées à travers les verres de mes lunettes de soleil et finit par capituler. Captivé par son striptease, même si elle n'a plus qu'un short à enlever – ouais, je sais, je suis incorrigible –, je la trouve magnifique dans son bikini aux couleurs éclatantes qui mettent en valeur sa peau mate.

Putain, mais comment je me suis débrouillé pour ne pas céder à la tentation avec elle ? Mais quel con !

Elle avance avec hésitation vers le rebord du bateau en prenant des inspirations profondes pour se calmer. En rentrant progressivement dans l'eau, elle se tend dès qu'une raie approche de trop près, mais finit par me rejoindre rapidement.

Une fois que nous sommes tous les deux dans la mer, je remarque la nervosité de Blake qui s'empresse de se cacher derrière moi pour éviter les raies qui nagent autour de nous dans un ballet hypnotique.

Mais sa tentative est vaine. Ces créatures majestueuses se faufilent entre nous avec grâce, frôlant notre peau de leurs mouvements fluides.

Je sens que Blake commence à paniquer, alors je me retourne vers elle et lui souris pour la rassurer :

– Tout va bien, ne t'inquiète pas. Les raies ne vont pas nous faire de mal, elles sont juste curieuses et joueuses. Viens là, place-toi devant moi.

Je joins le geste à la parole lorsqu'elle se déplace devant moi en me collant, et la tiens fermement par la taille tout en la pressant contre mon torse. Mon menton est posé sur son épaule, nos corps se fondant l'un dans l'autre. Je sens mon cœur s'emballer lorsque le parfum enivrant du monoï pénètre mes narines. Cette proximité m'oblige à me concentrer pour éviter que l'anguille qui se niche dans mon caleçon vienne cajoler ses délicieuses fesses.

On va éviter de la faire fuir maintenant et d'abord lui apprendre à appréhender les raies avant de s'attaquer à d'autres spécimens.

Blake est tellement fascinée par les raies qui tourbillonnent autour de nous qu'elle ne remarque même pas notre rapprochement ni mes mains qui effleurent doucement son ventre.

– Tu vois, elles sont inoffensives. Tends ta main vers elles et caresse-les comme ça, soufflé-je au creux de son oreille tout en la maintenant contre moi.

– Tu restes avec moi, hein, Hayden ?! me supplie-t-elle de sa petite voix effrayée.

– Je ne te lâche pas, Blake, jamais.

Je lui prends la main et la guide lentement vers les poissons. Ma petite furie se détend peu à peu et commence à apprécier leur présence délicate. Elle se détache lentement de notre étreinte pour s'aventurer à leur rencontre. Je devine son sourire lorsque j'entends ses éclats de voix ce qui fait de cet instant un des plus marquants de toutes nos expéditions réunies.

Nous passons plusieurs minutes dans l'eau, nageant avec les raies et admirant leur beauté naturelle. La sachant en sécurité et à l'aise, je me permets de m'éclipser pour récupérer mon appareil photo sur le bateau. À bord, je la mitraille sous tous les angles avec ses nouvelles amies, capturant chaque seconde pour immortaliser ce moment magique.

– Regarde, Hayden ! Elles n'ont même pas peur de nous, c'est dingue ! Et elles sont si douces ! Je n'arrive toujours pas à croire que j'ai réussi à caresser des raies sans paniquer ! s'extasie-t-elle telle une gosse fière d'avoir réussi un exploit.

– J'vois ça ! D'ailleurs, les preuves de ton courage sont dans la boîte, annoncé-je en lui montrant l'appareil.

Pour notre prochaine escale, je décide d'emmener Blake sur l'une des cayes ressemblant à un banc de sable, et nous arrivons au moment parfait pour profiter pleinement de cet îlot émergé.

– Wouah ! C'est absolument magnifique ! On dirait une piscine naturelle ! s'exclame Blake, émerveillée par le paysage incroyable qui s'étale devant elle.

– Nous avons de la chance, tant que la marée est basse, cette plage privée n'est rien que pour nous ! J'ai même prévu un pique-nique pour l'occasion, répondé-je avec un sourire satisfait.

– Tu as vraiment pensé à tout. Tu remontes dans mon estime, Johnson, plaisante Blake. Juste un peu.

– Seulement un peu ? Tu verras, d'ici la fin de la journée, tu me considèreras enfin comme le parfait gentleman que je suis, et tu graveras à jamais dans tes souvenirs cette magnifique journée en ma compagnie, la taquiné-je en lui adressant un clin d'œil.

Je récupère le panier préparé avec soin par la petite réceptionniste et mon sac à dos, puis nous cherchons un coin tranquille pour nous installer. Nous étendons l'immense serviette sur le sable blanc, et Blake m'aide à disposer les différentes boîtes remplies de nourriture. Au menu : crudités, fruits et salades de toutes sortes. Je n'oublie pas de planter le parasol pour nous abriter du soleil brûlant.

– Le festin de madame est servi ! m'écrié-je, fier de mon idée.

– J'ignorais que tu étais doté d'un tel sens de l'organisation, et c'est plutôt… surprenant de ta part. Tout ça, c'est dans quel but ? s'enquiert-elle en penchant la tête sur le côté pour m'aviser.

– Écoute, je ne veux pas te forcer à quoi que ce soit, mais je pense qu'on devrait faire un effort pour passer de bons moments ensemble durant ce voyage, sans nos disputes habituelles. Apprendre à se connaître, profiter de ce lieu magnifique, tout simplement. On est coincés ensemble sur ce paradis pendant plusieurs jours encore, alors autant mettre de côté nos différends, tu ne crois pas ?

Blake me regarde, hésitante, puis finit par sourire.

– D'accord, je suis prête à tenter le coup. On peut toujours commencer par partager ce repas, mais si tu essayes de m'empoisonner, je te promets que je reviendrai te hanter pour le restant de tes jours.

Je lui rends son sourire, soulagé qu'elle accepte ma proposition. Nous nous asseyons ensemble pour déguster notre déjeuner sous le soleil radieux des Bahamas.

Le temps s'écoule trop rapidement, et le banc de sable ainsi que notre piscine naturelle sont presque entièrement submergés. Quand nous quittons notre îlot, le soleil décline à une vitesse folle, et l'angoisse commence à m'envahir. Nous sommes beaucoup trop loin de Staniel Cay, et je réalise que nous n'arriverons jamais avant la nuit.

Mais quel con ! Blake va me tuer !

J'essaie de garder mon calme pour ne pas l'inquiéter. Heureusement, j'aperçois une petite île à moins d'un nautique de nous, avec une vieille paillote abandonnée qui semble en assez bon état pour nous accueillir pour la nuit. Sans un mot, je me dirige vers le rivage et j'amarre le bateau.

– Bon ! Blake, j'ai une bonne et une mauvaise nouvelle, annoncé-je de but en blanc.

Durant un instant, elle se contente de me dévisager.

– J'espère que tu as une excellente raison pour t'arrêter sur cette île, rétorque-t-elle, tendue, sentant probablement le coup fourré arriver. Il fait presque nuit, Hayden, et dormir à la belle étoile n'était pas au programme que je sache.

– Justement ! La mauvaise nouvelle, c'est qu'il est trop risqué de continuer à naviguer dans le noir, on ne pourra pas atteindre Staniel Cay avant demain matin, expliqué-je en passant une main dans mes cheveux. Mais la bonne nouvelle, c'est qu'on a trouvé cette petite île pour passer la nuit et on a même une paillote à disposition, ajouté-je avec assurance afin de lui cacher ma perte totale de confiance.

– Tu te fous de moi, là, j'espère ! On avait dit pas de blague, Johnson, et celle-là n'est franchement pas drôle, s'exclame-t-elle en fronçant les sourcils.

Je me rapproche d'elle, prends doucement ses mains dans les miennes, et tout en la fixant dans les yeux, je place dans chaque mot toute ma conviction pour la rassurer :

– Écoute-moi bien, Blake. On a assez de nourriture et d'eau

pour tenir jusqu'à demain, des serviettes pour se réchauffer et une paillote pour nous protéger. Je suis là, avec toi, et je te promets qu'on va passer une nuit tranquille. Tout va bien se passer, d'autant qu'à ma connaissance, aucune bestiole ne vit ici. Je crois que les gros lézards sont sur une autre île.

– Hayden, merde ! J'étais presque, je dis bien presque, rassurée avant que tu n'évoques ces putains de lézards ! s'énerve-t-elle en me fusillant du regard.

– Allez viens ! Je vais essayer de faire un feu pour nous éclairer un peu. Et demain matin, on pourra admirer le lever du soleil sur cette île magnifique, proposé-je pour la réconforter.

– T'as intérêt Johnson ou sinon je te mets dans le prochain vol pour New York ! À condition qu'on soit toujours vivants d'ici là…

Après avoir pris le temps d'installer nos affaires sous la petite paillote, je m'active pour chercher des branches mortes pour allumer un feu sur le sable. Heureusement, j'avais un briquet dans mon sac et c'est incroyable comme les petits objets du quotidien peuvent devenir vitaux dans ce genre de situation.

Blake semble apaisée et même enthousiaste à l'idée de passer la nuit sur cette petite île. En véritables scouts, nous avons réussi à transformer cet endroit en un petit campement chaleureux, presque romantique.

Assis près du feu qui crépite et illumine le visage de Blake, l'atmosphère devient propice aux confidences. Les flammes dansantes nimbent l'abri d'une lueur orangée et créent une ambiance intime.

Nous échangeons sur nos vies respectives, nos rêves et nos projets en évitant de parler de celui qui a déjà suffisamment gâché sa vie. La nuit est calme et le bruit des vagues qui s'écrasent sur le rivage berce notre conversation. Nous sommes seuls au monde, loin de nos vies trépidantes, et cela crée une sorte de connexion particulière entre nous. Une sensation étrange, agréable et nouvelle, qui nous enveloppe doucement.

– Hayden…, commence Blake, incertaine. J'aimerais te poser une question.

Soudain, son hésitation et son regard fuyant me mettent mal à l'aise. Que va-t-elle me demander ?

– Bien sûr, vas-y, lui répondé-je en évitant de lui montrer mon angoisse.

– Je voudrais que tu m'expliques pourquoi ton appareil est plein à craquer de photos de moi.

Sa question me prend par surprise. Comment a-t-elle pu remarquer ça ?

– Comment tu sais pour les photos ? l'interrogé-je.

Elle hausse les épaules.

– Ton appareil traînait sur le sofa, alors je n'ai pas pu m'empêcher de regarder. Je m'attendais à tomber sur les paysages des Bahamas, pas sur des clichés de… moi, en long, en large et en travers. Et tu m'as photographiée d'une telle manière que ça me questionne.

– C'est mon métier, Blake. Et puis, tu es le seul modèle à disposition donc forcément, j'ai pris beaucoup de photos de toi, éludé-je de mon mieux.

– À d'autres, répond-elle en soupirant. Je suis du métier aussi, je te rappelle, bien que je sois de l'autre côté de l'objectif. Surtout qu'il y a suffisamment de poissons ou de cocotiers à photographier sans que tu sois obligé d'immortaliser ma tronche à tout bout de champ.

– J'en suis conscient, mais il faut avouer que tu es particulièrement photogénique, Blake. Tu es si belle, si rayonnante dans ce décor de rêve que ça me paraît impossible de ne pas te prendre en photo.

Je m'interromps un instant, puis je décide de me confier :

– Tu sais, je dois t'avouer quelque chose, admetté-je avant de marquer une pause pour rassembler mon courage. Je suis attiré par toi depuis notre premier shooting ensemble, dans ce petit studio. J'ai essayé de refouler tout ce que je ressentais, mais je n'y suis pas arrivé. Vous voir, Tyler et toi ensemble pendant toutes ces années a été une torture pour moi. Je me suis montré désagréable avec toi pour ne pas laisser paraître mes vrais sentiments. J'ai joué le rôle du gros connard, convaincu qu'en agissant ainsi, tu serais à ton tour détestable et que je finirais par ne plus te désirer autant, mais ça a été tout le contraire.

Mes paroles sont sorties d'une seule traite, sans même que j'ai repris mon souffle. Jusqu'à présent, mes yeux fixaient les flammes ondulantes du feu, mais maintenant, ils s'ancrent profondément dans les siens alors que je laisse tomber mes derniers remparts :

– Blake Dawson, je suis tombé amoureux de toi à la minute où je t'ai vue et je crois que ça va être difficile pour moi de me passer de toi.

Blake

– Blake Dawson, je suis tombé amoureux de toi à la minute où je t'ai vue et je crois que ça va être difficile pour moi de me passer de toi.

Mon cœur se met soudain à battre à mille à l'heure, ma respiration est trop rapide.

Merde. Merde. Merde.

Hayden vient de confesser qu'il est amoureux de moi, et moi, je suis au bord de l'hyperventilation. Je me mets sur pied difficilement, m'agrippe aux rebords rugueux des planches de la paillote afin de me redresser.

J'ai besoin de m'éloigner, d'avoir l'esprit clair pour digérer les mots qu'il a prononcés. Après les photos de moi que j'ai découvertes, je m'en doutais, c'est vrai, mais l'entendre l'énoncer aussi clairement… c'est différent. Totalement différent.

– Blake.

Sa voix retentit, mais je l'ignore. Mes pieds foulent le

sable froid, le vent frais balaye mon visage et s'engouffre dans mes poumons. Je frémis, et les frissons s'intensifient sur mon épiderme dès que mes orteils rencontrent les vagues qui s'échouent sur la plage.

– Putain, Blake, je croyais que c'était terminé, ça ! s'emporte Hayden.

Il saisit mon poignet, me fait faire volte-face aussitôt. L'ardeur de son geste me déséquilibre, et je bascule contre lui. Son torse est ferme, chaud malgré la brise qui ne cesse de souffler, et je ne peux empêcher les doigts de ma main qu'il ne retient pas de sillonner le long de ses muscles. Je lève la tête vers lui et soutiens son regard. Ses iris, si sombres sous cette nuit étoilée, sont empreints d'une colère qui me noue l'estomac.

– C'est toi qui as voulu savoir, poursuit-il, implacable.

– Je regrette, murmuré-je.

– Tu regrettes ? répète-t-il, ahuri. Bordel, tu m'incites à te déballer ce que j'ai sur le cœur, et tu oses me balancer que tu regrettes ?! Eh bien, je vais t'apprendre un truc, ça ne fonctionne pas comme ça. Tu ne peux pas appuyer sur un foutu bouton pour remonter le temps et faire comme s'il ne s'était rien passé !

– Dommage, répondé-je en baissant les yeux.

Oui, je m'en veux de lui avoir posé cette putain de question. Car dorénavant, je sais ce qu'il ressent pour moi, et c'était beaucoup plus simple de feindre l'ignorer. D'ailleurs, j'en fais quoi de ses sentiments à mon égard, hein ? Et qu'est-ce que je suis censée répondre ?!

Il me relâche tout à coup, les mâchoires contractées.

– Dommage, hein… T'es vraiment chiée comme nana, tu le sais ? Mais moi aussi, j'aimerais te poser une question : pourquoi ?

Je l'avise une seconde, sans comprendre.

– Pourquoi ?

– Ouais, pourquoi tu t'obstines à me fuir dès que j'ai le malheur de m'ouvrir à toi ! Je sais que je te plais, et je t'interdis de prétendre le contraire, alors c'est quoi ton putain de problème, Blake ?

– Mon putain de problème, c'est que j'ai peur ! beuglé-je sur un ton identique au sien. Je suis terrifiée !

– Mais terrifiée par quoi, bon sang ? C'est moi qui viens de déposer mon cœur à tes pieds, je te signale ! C'est moi qui prends le risque que tu le bousilles !

Nerveuse, j'effectue quelques pas dans l'eau qui me frigorifie, passe une main dans mes cheveux légèrement emmêlés par le vent. Je sens la présence de Hayden derrière moi, et je me retourne avant qu'il ne me touche de nouveau, afin de préserver ma lucidité qui a tendance à se faire la malle dès qu'il se trouve trop près de moi. D'autant que la lueur de la lune nimbe sa silhouette d'un halo bleuté, et accentue la rudesse de ses traits. Hayden est beau, trop beau pour mon bien.

– D'être abandonnée encore une fois, avoué-je d'une petite voix qui se perd dans le silence seulement rompu par le bruit des vagues. Le dernier homme qui a décrété être amoureux de moi m'a demandé ma main pour ensuite lâchement me planter devant l'autel. Et je ne veux pas revivre ça, Hayden, je ne veux pas reprendre le risque de m'attacher à quelqu'un pour en souffrir. C'est beaucoup trop tôt.

Il réduit la distance qui nous sépare, enroule ses bras autour de ma taille pour me maintenir contre lui. L'une de ses mains glisse sur mes reins, jusqu'à la naissance de mes fesses, tandis que l'autre migre derrière ma nuque afin de m'inciter à le regarder.

– J'suis pas comme lui, souffle-t-il sur ma bouche.

Je louche instinctivement sur la sienne, humecte mes lèvres sans même m'en rendre compte. Ma langue attire son regard, son visage s'incline davantage, et alors qu'il s'apprête à m'embrasser, je lâche :

– Nan, toi t'es le gars qui a préféré m'en mettre plein la tête parce que tu n'assumais pas ce que tu ressentais. D'ailleurs, tu aurais continué comme ça longtemps, Hayden ? Tu aurais été le mec qui m'aime de loin ? Ou bien un jour, tu te serais ramené avec des foutues pancartes sur le seuil de mon appart pour me clamer ton amour ?!

Ses pupilles quittent mes lèvres pour s'amarrer aux miennes, et j'y décèle une certaine incompréhension.

– C'est quoi ton délire des pancartes ? m'interroge-t-il en fronçant les sourcils.

Je rejette la tête en arrière, dépitée. Ce mec n'a donc aucune culture cinématographique ou quoi ?

– *Love Actually*, répondé-je d'emblée. La comédie romantique par excellence et accessoirement, mon film préféré. Tes références sont nazes, Johnson, sache-le. Pour faire court, l'un des héros se pointe sur le pas de la porte de la nana dont il est éperdument amoureux, et il utilise des pancartes pour faire sa fichue déclaration après qu'elle ait découvert qu'il n'avait filmé qu'elle lors de son mariage. Ça ne te rappelle personne ?

Un sourire furtif étire ses lèvres.

– Je crois qu'il n'y a pas deux filles comme toi, Dawson.

– C'est une bonne chose ?

Je ne peux camoufler le scepticisme de mon timbre. Avec lui, je dois m'attendre à tout, et il serait bien capable de me balancer une vacherie. Mais Hayden dégage simplement une mèche de mon front avec douceur, englobe ma joue au creux de sa paume.

– Très. Je veux être le seul à t'avoir.

Hayden me serre davantage contre lui, son pouce s'égare sur ma bouche.

– Et tu serais le héros de mon film romantique, Hayd ?

m'enquiéré-je en plaçant mes mains sur ses hanches. Ou juste le mauvais garçon qui me briserait le cœur ?

Il se presse contre moi au point que même un grain de sable ne pourrait pas s'immiscer entre nous. Je perçois les moindres contours de ses muscles, l'odeur musquée de sa peau sature l'air, affole mes sens, et mon souffle devient chaotique. Et je dois avouer que j'adore plus que de raison qu'il soit si proche, d'autant que l'angoisse que j'ai éprouvée à l'instant où il a révélé être amoureux de moi s'est complètement volatilisée. Le corps de Hayden dispose visiblement de la merveilleuse faculté de me griller un ou deux neurones.

Dès qu'il s'incline, qu'il effleure le lobe de mon oreille, je cesse de respirer.

– Je pense qu'un héros ne piquerait pas la copine de l'un de ses potes, bien que le pote en question savait ce que j'éprouvais pour elle, qu'il ne serait pas aussi heureux qu'il l'ait larguée, et surtout… il ne profiterait pas de la situation.

Son murmure, grave et sensuel, allume un brasier dans mon ventre qui se propage jusqu'entre mes cuisses. Ou bien ce sont les mots qu'il prononce. Hayden est prêt à sacrifier son amitié pour moi, et bien que ce soit amoral, une part de moi trouve cela sexy.

– Ex-copine. Et à bien y réfléchir, je n'ai jamais aimé les héros, rétorqué-je.

Les lèvres de Hayden dérivent le long de ma mâchoire, viennent rencontrer la commissure des miennes.

– Fais gaffe, Blake, cette fois j'irai jusqu'au bout.

Il empoigne soudain mes fesses, m'arrachant un petit cri quand je prends conscience de son érection écrasée contre mon mont de vénus.

– Arrête-moi maintenant, Blake, sinon je…

Je ne lui laisse pas l'occasion de terminer sa phrase que ma bouche percute la sienne. Mes doigts fourragent dans ses cheveux, s'y agrippent afin de l'attirer à moi. Une fois la surprise passée, Hayden répond à mon baiser avec ferveur, sa langue glisse sur la mienne, joue une danse si lascive qu'elle m'extorque des gémissements que je ne parviens pas à réfréner.

Hayden m'a déjà embrassée, mais jamais avec une intensité capable de me faire perdre la tête. Et quand il me soulève sans ménagement, me forçant à enrouler les jambes autour de sa taille pour ne pas tomber, je ne proteste pas. Non, je m'accroche à ses épaules, resserrant ma prise sur lui tandis qu'il se dirige vers la paillote.

Sans me lâcher, Hayden s'accroupit près du feu qui crépite toujours dans son âtre de fortune, et m'allonge sur la serviette déployée sur le sable avec toute la délicatesse dont il est capable à cette seconde précise. Son regard enfiévré parcourt mon corps sans la moindre pudeur, y laisse des sillons brûlants que seule sa bouche est en mesure d'apaiser… ou d'attiser.

Il saisit le rebord du tee-shirt que j'avais enfilé plus tôt, découvre ma peau centimètre par centimètre jusqu'à m'en débarrasser complètement. Je ne le quitte pas des yeux, relève le menton en un signe de défi pour l'inciter à poursuivre ce qu'il a si bien débuté, et Hayden saisit le message. Il dénoue le nœud retenant le haut de mon bikini, puis celui de ma culotte afin de me dénuder entièrement, avant de s'étendre au-dessus de moi.

Son torse frôle mes seins déjà lourds de désir, son genou écarte mes cuisses qui s'ouvrent sans une once de résistance. Car oui, je le veux. Je le veux sur moi, en moi.

– Blake, murmure-t-il, une lueur indécise dans les pupilles, il n'y aura pas de retour en arrière possible.

J'enserre son visage, auquel les flammes confèrent une teinte cuivrée, entre mes paumes, me noie dans l'ouragan de ses iris, puis affirme d'une voix seulement éraillée par la concupiscence qui me submerge pour taire ses doutes :

– J'ai envie de toi, Hayd.

À peine les mots franchissent la barrière de mes lèvres que Hayden s'en empare, dérobant chacun de mes souffles. Il les mordille, les suçote, avant de suivre la courbe de ma gorge. Il laisse une myriade de baisers sur ma peau, tout en malaxant mes seins. J'ondule sous lui, incapable de me contenir, et lorsque sa langue lape mon téton dressé et dur, je geins si fort qu'il gronde sur ma poitrine :

– Putain, Blake…

Hayden m'abandonne une seconde pour se délester de son short, puis se repositionne entre mes jambes qui se resserrent autour de sa taille, comme pour contrôler un tant soit peu l'incendie qu'il déclenche en moi.

– J'ai envie de toi, répété-je.

Il ne lui en faut pas davantage pour qu'il se départisse de toute la retenue qui perdurait encore en lui, et il me pénètre si brusquement qu'un râle m'échappe. Mes mains se plaquent sur ses omoplates pour endurer son assaut, mes ongles s'enfoncent dans son épiderme. Hayden n'est ni doux ni tendre, et je ne souhaite pas qu'il le soit. Je crois que nous avons besoin de cette rudesse pour évacuer toute la tension qui nous oppressait, et chacun de ses coups de reins est une lame de plaisir brut qui se déverse directement dans mes veines.

J'ai imaginé cette scène un bon millier de fois depuis que nous avons atterri, et le fantasme qui hantait mon esprit est si fade comparé à ce que je ressens que je ne suis pas certaine qu'elle soit réelle.

Pourtant, Hayden est là. Son corps chaud et transpirant s'emboîte au mien à la perfection, sa bouche, qui ne cesse d'explorer la mienne, la marque au fer rouge comme pour y apposer son empreinte. Et mon cœur qui tambourine à tout rompre… non, je ne fabule pas tout ça. Nous deux, ce n'est pas un rêve. Nous deux, c'est fort, l'alchimie est si forte que j'ai la sensation que nous sommes seuls au monde, et pas juste sur cette île. Hayden efface tout, devient ce tout qui s'incruste sous ma peau, s'impose dans mon cœur.

– Blake, regarde-moi, souffle-t-il.

Les doigts de Hayden encerclent ma gorge. J'ouvre les paupières, plonge dans son regard embrumé. Sa main libre glisse le long de ma cuisse, puis sous mon genou afin de remonter ma jambe sur ma poitrine pour s'enfouir encore plus profondément en moi. Ses va-et-vient deviennent plus rapides, son souffle, erratique. Il me remplit comme personne avant lui, comme s'il n'avait été créé que pour me combler, et chacun de ses mouvements est sur le point de me faire défaillir. Et dès que sa paume se plante dans ma fesse pour s'enfoncer une dernière fois au creux de mes chairs, mon corps s'embrase, mon sexe se contracte autour du sien, et j'ai l'impression d'éclater en un million de morceaux.

Hayden s'effondre sur moi, me coupe momentanément la respiration, mais je n'en ai rien à faire, et je ne le repousse pas, au contraire. Je le presse davantage contre moi avec mes dernières bribes d'énergie, cherche sa bouche afin de l'embrasser. Car j'ai besoin qu'il comprenne ce que j'éprouve, et qu'il s'agit du seul moyen pour que j'y parvienne. Ma langue s'immisce timidement entre ses lèvres, goûte la sienne. Hayden me prive de mes dernières particules d'oxygène, et une multitude de minuscules points noirs constellent soudain ma vue, mais encore une fois, je m'en contrefous. Après tout, rendre son dernier soupir dans ses bras serait plutôt une belle mort, non ?

– Merde, Blake !

Hayden a probablement rompu notre baiser puisqu'une profonde goulée d'air s'infiltre dans mes poumons, et le voile sombre qui obscurcissait ma vision s'est dissipé pour laisser place à deux billes au turquoise intense.

– Je t'interdis de tourner de l'œil, tu m'entends ? Voire pire, poursuit-il, une pointe d'angoisse dans la voix. Car je compte bien te faire l'amour encore et encore, jusqu'à ce que ton joli petit cul demande grâce, c'est compris ?

J'acquiesce, un petit sourire imprimé sur les lèvres.

– Mon joli petit cul, vraiment ?

Il embrasse mon front, mes pommettes, puis le coin de mâchoire.

– Oh oui, et je t'assure qu'il n'y a pas que ça de beau chez toi, Blake. Je t'ai…

Ses mots se meurent dans la nuit, inaudibles. Tout simplement parce que je ne suis pas encore prête à les entendre et que les battements trop chaotiques de mon cœur les ont étouffés.

14

Hayden

Main dans la main, nous nous dirigeons vers notre bungalow, après avoir été accueilli par un personnel soulagé de nous revoir en un seul morceau. Après cette folle nuit qui, comme je l'avais prédit, restera gravée à jamais dans nos mémoires, je n'ai qu'une hâte, prendre une bonne douche bien chaude et pourquoi pas la partager avec Blake dont le corps m'obsède depuis que j'ai découvert un plaisir insoupçonné entre ses cuisses. Nos caresses, nos baisers et les regards suggestifs se sont multipliés jusqu'à ce qu'on ne puisse plus résister à l'appel de la passion. Cette soirée a été ardente, intense, indescriptible.

Putain, je bande déjà, rien qu'en y repensant.

Je presse le pas pour arriver plus rapidement à la chambre, impatient de me laisser aller à mes fantasmes les plus fous avec celle qui est parvenue à me faire perdre la tête.

– Je vais prendre une douche ! Si par hasard, l'envie te prenait de me rejoindre pour m'enlever le sable sur le dos, je n'y verrais aucun inconvénient, proposé-je, joueur.

– Hmm, je vais y réfléchir. Mais je crains que la cabine de douche ne soit pas assez grande pour nous deux, fanfaronne-t-elle, un sourire espiègle greffé sur son visage.

Je suis ravi de constater que notre rapprochement de cette nuit n'a pas altéré notre relation. Ce que j'apprécie chez elle, c'est son esprit vif, son audace et son tempérament de feu. Je n'ai pas envie qu'elle change sa façon d'être avec moi, car c'est ce qui la rend unique et attachante. J'aime notre complicité telle qu'elle est, pleine de réparties et d'insolence.

Je me dirige vers la salle de bains, balance mes affaires au sol et me glisse dans la douche.

La sensation du sel et du sable collés sur ma peau était devenue si insupportable que je me délecte de l'eau qui coule sur mon corps. Le ruissellement des gouttes sur mon visage me détend, mais lorsque je sens deux bras enlacer ma taille, ainsi qu'une poitrine moelleuse pressée contre mon dos, je reste figé sous le jet, essayant de comprendre que je ne suis pas en train de planer. Elle est bien là, Blake Dawson, la fille qui m'obsède depuis tant d'années, nue contre moi dans cette douche aux Bahamas !

Putain, j'dois rêver, c'est pas possible autrement !

– Besoin d'aide ? chuchote-t-elle dans mon oreille tout en parcourant mes pectoraux de ses doigts agiles.

– Je suis couvert de sable de la tête aux pieds. Une paire de mains supplémentaires pour m'aider à m'en débarrasser ne serait pas de refus, lui répondé-je en me tournant face à elle.

Ses yeux couleur miel, empreints d'un désir non dissimulé, me font frissonner et mon sexe se tend avec ferveur devant cette déesse qui s'emploie à caresser, depuis une minute, l'anguille sortie de sa tanière. Elle semble avoir acquis une grande expertise en matière de faune marine depuis déjà vingt-quatre heures. Tandis qu'elle poursuit ses lents va-et-vient, elle continue d'attiser le désir qui monte en moi :

– Tu crois qu'il reste encore quelques grains, ou je dois employer les grands moyens ?

Je n'ai même pas le temps de répondre que Blake est déjà accroupie devant moi, son visage à hauteur de mon sexe dressé. Ses lèvres effleurent mon gland et je sens ma queue disparaître bientôt dans sa bouche.

Putain de bordel de merde ! C'est si bon !

Je m'appuie contre la faïence, les yeux fermés, profitant de cette plénitude extrême. Chaque aspiration de sa bouche provoque une onde de choc qui traverse mon corps tout entier, et si elle poursuit ainsi, je ne suis pas certain de pouvoir tenir encore longtemps.

– Et si tu venais par ici, que je vérifie à mon tour si aucun grain de sable ne s'est logé dans l'un de tes replis, l'arrêté-je au bord de l'implosion.

Blake se redresse face à moi, léchant d'une manière des plus suggestives sa lèvre inférieure. Sans préambule, je me jette sur celles-ci, gonflées de m'avoir sucé avec avidité. Mes mains parcourent ses courbes, empoignent sa nuque pour approfondir ce baiser ravageur alors qu'elle tire sur mes cheveux tout en y répondant avec ferveur. Je savoure sa langue chaude et entreprenante jusqu'à ce que sa respiration devienne de plus en plus hachée. Je finis par me détacher de ses lèvres brûlantes, reprends mon souffle, mon front contre le sien, puis parcours sa mâchoire de baisers. Je mordille son lobe et glisse ma langue le long de son cou.

Elle halète, frissonne, sous mes effleurements, ce qui m'incite à poursuivre ma descente vers ses deux tétons pointant de désir. Blake se cambre davantage à chacun de mes coups de langue sur ses pointes durcies. Je malaxe à tour de rôle la rondeur de ses seins et de son cul sans ménagement. Cette fille va me rendre dingue, elle, si sexy, si tentatrice que je ne parviens plus à me détacher de son corps.

À mon tour, je me mets à genoux, soulève sa jambe que je dépose sur mon épaule et me délecte de son intimité. Tout son corps réagit. Elle ondule au même rythme que mes coups de langue sur son bouton de chair, et ses geignements finissent par m'électriser si intensément que le besoin de m'enfouir en elle devient de plus en plus pressant.

– Putain, Blake, tu me rends fou… J'ai envie de toi à en crever si tu savais, lâché-je à bout de souffle.

– Alors baise-moi, Hayd… geint-elle, haletante.

Il ne m'en faut pas davantage pour me redresser et la soulever en la plaquant contre le mur. Elle enroule ses jambes autour de moi et s'accroche fermement à mes épaules. D'une poussée, je la pénètre. Son cri fait écho dans la pièce et ses ongles s'enfoncent dans ma peau. La chaleur de son antre, sa moiteur et son étroitesse me donnent des vertiges tant le plaisir est décuplé. À peine ai-je fait deux va-et-vient, que je suis déjà au bord du gouffre. C'est un moment à la fois doux et intense qui m'emmène dans un tourbillon de sensations. Je m'abandonne à cette bulle de passion et de luxure qui m'envoûte, qui me fait complètement oublier le monde extérieur et que je refuse de quitter.

Connectés de manière profonde et émotionnelle, nos sentiments se reflètent dans chacun de nos mouvements et de nos souffles. Nos corps fusionnent dans une extase totale, nos voix se mêlent dans des gémissements sensuels, tandis que la sensation inouïe de notre orgasme éclate en moi. C'est comme si une nuée de papillons s'envolait de mon ventre, me laissant dans un état de légèreté et de béatitude. Nous sommes en parfaite harmonie, unis dans notre désir et dans quelque chose de bien plus puissant encore, qui va bien au-delà du simple plaisir charnel.

J'aime cette fille, c'est une certitude et cette nouvelle étape franchie ensemble dissipe tout doute qui aurait pu subsister. Cependant, l'idée de la perdre m'effleure brièvement l'esprit, mais elle est rapidement balayée par les doux baisers de ma petite brune, qui semble, elle aussi, vouloir prolonger l'intensité de cet instant.

Nous avons passé une bonne partie de la journée au lit, alternant entre parties de jambes en l'air et siestes bien méritées. Mais le sport en chambre, ça creuse et mon estomac crie famine.

– Et si on allait manger un truc au bar de la plage ? Cela nous ferait du bien de prendre un peu l'air. Même si ta peau est terriblement tentante, elle ne remplace pas un vrai repas. Et puis, j'ai besoin de reprendre des forces pour mettre en pratique tous les fantasmes que j'ai en tête !

– Tu es un véritable obsédé, Johnson ! Si j'accepte de sortir de cette chambre, tu me promets qu'on s'amusera encore après ? demande-t-elle, mutine, en battant des cils.

– C'est qui l'obsédé, déjà ? me moqué-je.

J'observe Blake avec amusement alors qu'elle s'empiffre de son sandwich. Ce que j'apprécie chez elle, c'est sa simplicité, sans aucun faux-semblant. Elle ne cherche pas à jouer un rôle pour être appréciée, elle est juste elle-même, naturelle, et cela la rend encore plus belle à mes yeux. Je réalise que je suis bien accro à Blake, car même lorsqu'elle a de la mayonnaise plein la bouche, je la trouve sublime.

Putain, je suis foutu !

– Doucement, ma belle. À ce rythme-là, tu ne pourras plus rien avaler et ça va gâcher un peu mes projets de la soirée, la provoqué-je.

Elle s'étouffe à moitié après ma remarque licencieuse. Je vais finir par passer pour un véritable pervers si je ne calme pas un peu le jeu avec elle. Mais c'est plus fort que moi, j'aime la bousculer, la tester, voir jusqu'où elle est capable de me suivre dans mes délires.

– Hayden ! Tu veux ma mort ou quoi ?

– Juste te donner une petite mort, Blake, murmuré-je en la bouffant du regard.

Ses joues s'empourprent sous l'effet de ma provocation. Je crois que je l'ai déstabilisée et qu'elle en a perdu sa répartie légendaire, ce qui a le don de me satisfaire.

Nous continuons à nous taquiner tout en terminant notre repas. Alors que je regarde la plage de sable fin, les cocotiers et l'océan turquoise qui s'étendent à perte de vue, je réalise à quel point j'ai de la chance d'être ici, aux côtés de la fille que j'ai désirée pendant des années et qui a finalement choisi de s'ouvrir à moi comme jamais je ne l'aurais espéré. Je compte bien en profiter pleinement, en espérant que cette lune de miel ne soit pas juste une parenthèse entre nous, un moment éphémère qui disparaîtra dès que nous serons de retour à New York.

Arrête de stresser, Hayden, et vis le moment présent.

Nous décidons de marcher le long de la plage, le sable chaud chatouillant nos pieds et les vagues douces des Caraïbes venant se briser contre nos chevilles. Je pose tendrement mon bras sur les épaules de Blake, qui naturellement enlace ma taille. J'aime constater à quel point nous nous comportons comme un couple ordinaire, heureux de profiter l'un de l'autre dans ce décor paradisiaque.

Cependant, de nombreuses questions me brûlent les lèvres et je crains que mes préoccupations ne gâchent ce moment parfait. Je ne veux pas la brusquer, mais j'ai besoin de savoir où nous en sommes et où tout cela nous mène.

– Blake, quand tout ça sera terminé, qu'est-ce qu'on deviendra ? finis-je par lui demander avec un peu d'appréhension dans ma voix.

Blake me regarde avec un sourire bienveillant et me répond :

– J'en sais rien, Hayden. Je veux juste profiter de l'instant présent avec toi, sans me prendre la tête avec ce que pourrait nous réserver l'avenir. On aura tout le temps d'en discuter une fois à New York, tu ne crois pas ?

Bien que je comprenne son point de vue, ses paroles ne me rassurent pas entièrement. Décelant l'inquiétude sur mon visage, Blake ajoute tout en caressant ma joue :

– Cesse de te poser toutes ces questions, tu es important pour moi, Hayden, tu le sais, n'est-ce pas ? Et j'aime être ici avec toi.

Un soupir de soulagement m'échappe et je sens une vague de chaleur m'envahir. Je lui souris et lui rends son étreinte. Cependant, Tyler hante mes pensées de plus en plus fréquemment, surtout depuis que j'ai osé coucher avec celle qui était censée devenir sa femme.

Comme libéré de cette frustration qui m'a bouffé depuis

des années, je n'arrive plus à passer plusieurs minutes près de Blake sans avoir envie de la goûter à nouveau, de butiner sa peau délicate, de caresser ses courbes affolantes et de me fondre en elle encore et encore jusqu'à l'extase ultime. Nos mains devenant de plus en plus baladeuses, nous avons accouru jusqu'à notre chambre pour soulager nos pulsions incontrôlables.

Allongé sur le lit, j'admire Blake se déhancher sur moi avec frénésie, ses seins sont au-dessus de mon visage, ballottant à chacun de ses mouvements. Je ne peux m'empêcher de pincer ses tétons tendus de désir. Je ne compte plus le nombre de fois où nous avons fait l'amour depuis nos confidences sur notre île. C'est comme un besoin de rattraper le temps perdu avec la fille de mes rêves, de peur que tout ne s'arrête brusquement. Je ne parviens pas à taire cette angoisse, ce mauvais pressentiment qui me ronge chaque fois que mes yeux se posent sur elle. Et si tout cela s'achevait ? Et si je perdais Blake ? Serais-je en mesure de l'oublier maintenant que j'ai découvert l'intensité de nos étreintes ?

Dans un dernier râle, ma petite brune exprime sa jouissance, et je la suis de près. Elle s'écroule sur moi, son corps ruisselant de sueur, son souffle chaud chatouillant mon cou.

– Tu es incroyable, Hayden, ahane-t-elle.

– J't'avais prévenue que je serais le meilleur coup de ta vie. Maintenant, tu ne pourras plus te passer de moi, ma belle, me vanté-je, un sourire satisfait sur le visage.

– Vraiment ? Eh bien, j'exige que tu me le prouves encore, je ne suis pas certaine d'être convaincue, renchérit-elle, railleuse. Vantard !

Je la bascule sur le côté et la chatouille jusqu'à ce qu'elle ne puisse plus reprendre sa respiration.

– Arrête ! J'en peux plus ! Si je me pisse dessus, je te jure que je te tue ! s'exclame-t-elle entre deux éclats de rire.

– Alors, Blake Dawson, est-ce que tu pourrais te passer de moi ? lui demandé-je en continuant de la torturer.

– Tu es… Tu es le meilleur amant que j'aie jamais eu ! hoquette-t-elle. Et jamais je ne pourrai me passer de ton corps qui me rend folle ! S'il te plaît, arrête maintenant ! crie-t-elle dans la chambre, haletante.

Je mets fin à son supplice et lui prends la main en lui souriant tendrement.

– Je suis heureux que tu apprécies mes talents au lit, mais j'espère que tu aimes aussi l'homme que je suis, pas seulement l'amant hors pair.

– Tout me plaît chez toi, Hayden, le package complet qui comprend même ton humour de merde, assure-t-elle en gloussant. Bon, je file aux toilettes maintenant !

Je contemple sa nudité lorsqu'elle se lève pour récupérer son téléphone et s'enfermer dans la salle de bains.

Je souffle un grand coup, laissant retomber l'excitation de ce moment intense et hilarant. Avec Blake, tout est simple et naturel. Je me lève à mon tour et me dirige vers le petit frigo de la chambre pour prendre une bouteille d'eau fraîche.

Soudain, les coups vifs s'abattant sur la porte de la chambre me font sursauter. Qui peut bien s'acharner comme ça ? Les coups se répètent, plus forts et plus insistants cette fois-ci. Blake a peut-être commandé un truc à manger sans que j'y fasse attention.

J'enfile rapidement un tee-shirt et un short avant d'ouvrir à la personne visiblement pressée et impatiente.

– Un instant, j'arrive ! m'exclamé-je à travers la porte.

Je me dirige vers l'entrée et ouvre à l'inconnu survolté. Mon visage se fige brusquement lorsque je me retrouve face à la colère de l'homme qui se tient devant moi.

– Tyler ?!

15

Blake

L'eau qui se déverse sur mon corps me fait un bien fou. Mes membres sont endoloris après nos exploits entre les draps immaculés et soyeux, que j'ai quittés à regret, de notre chambre. Alors je me délecte de la chaleur qui efface la tension de mes muscles courbaturés et la sueur qui perlait sur ma peau.

Je place mon visage sous le pommeau de douche afin d'atténuer le feu qui embrase mes joues dès que les images de Hayden et moi s'imposent dans mon esprit. Je ressens encore son corps ondulant contre le mien, sa bouche explorant chaque parcelle de mon épiderme, et le crépitement si caractéristique qui se manifeste au creux de mon ventre m'incite à diminuer la température pour ne pas mourir d'une combustion spontanée. Du moins, pas avant que Hayden me donne un autre orgasme.

Je coupe l'eau, essore mes cheveux, puis sors de la douche. Je m'enroule dans la serviette accrochée à la patère, la noue autour de ma poitrine, puis me dirige vers la vasque. Je passe une main sur le miroir, en efface la buée qui la recouvre. Le soleil des Bahamas a octroyé à mon teint de jolis reflets dorés qui accentuent le mordoré de mes iris, et d'ailleurs, je pourrais presque affirmer que mon regard pétille. J'ai l'air... heureuse, c'est bien ça. Décidément, et contre toute attente, cette lune de miel me va bien !

L'écran de mon portable qui s'illumine attire soudain mon attention. Je saisis l'appareil posé sur le meuble de bois blanchi attenant à l'évier, et me souviens que Tia m'a ensevelie sous une tonne de messages et d'appels auxquels je n'ai pas encore pris la peine de jeter un coup d'œil. Je suis une amie déplorable, mais pour ma défense, Hayden m'a merveilleusement occupée pour que je ne songe à rien d'autre que son corps nu et incroyablement musclé qui me fait perdre les pédales.

J'ouvre ma messagerie, y découvre une trentaine de messages s'étalant sur la journée. D'un bref mouvement de l'index, l'écran défile devant mes yeux, et les « mayday » successifs ainsi que le « Mais tu vas répondre à ce putain de téléphone » en lettres capitales et ponctués d'une multitude de points d'exclamation m'interpellent.

Tia a la fâcheuse manie d'en faire des caisses, elle est capable de décréter que sa vie est foutue, car le talon de sa paire de Louboutin préférée est cassé – ce n'est pas pour rien que nous sommes amies en réalité –, alors je me demande ce qui a bien pu se produire sur la planète Tia pour que cela nécessite un tel harcèlement. Ce n'est pas comme si je ne lui avais pas donné de nouvelles cette semaine, on s'est écrits pratiquement tous les jours !

Cependant, ma curiosité risque d'être assouvie bien plus vite que prévu puisque son nom s'affiche sur l'écran.

– Putain, Blake, je conçois que dans l'ordre des priorités, s'envoyer en l'air avec un mec mieux gaulé que Damon

Salvatore[5] arrive en tête de liste, mais bon sang, ça te tuerait de décrocher entre deux galipettes ?! braille-t-elle à l'autre bout du fil sans même me saluer.

Je lève les yeux au ciel, mi-amusée mi-désabusée. En plus de son côté drama queen, Tia est tellement fan de séries télévisées qu'elle a tendance à confondre fiction et réalité, et à fantasmer sur des hommes, aussi sexy soient-ils, purement imaginaires. Ce n'est donc pas surprenant qu'elle soit encore célibataire, puisque pour être honnête, lorsque l'on place la barre au niveau des héros inaccessibles planqués derrière l'écran de télévision, les spécimens masculins peuplant notre quotidien n'ont… aucune chance.

Et puis, elle n'a pas tout à fait tort, Damon est sacrément canon dans son genre, hein ?

Néanmoins, je ne peux m'empêcher de piquer un fard à l'évocation des fameuses « galipettes ». Je ne lui ai encore rien dévoilé concernant Hayden et moi, et surtout pas à propos de nos rapprochements et plus si affinités – et Dieu sait qu'il y a affinité ! –, car je ne veux rien précipiter. J'ai l'impression que si je dévoilais notre… secret, la magie s'envolerait. Et je ne suis pas encore prête à affronter mon quotidien et tout ce qu'il implique.

– Moi aussi je suis ravie de t'entendre, Tia, je vais bien, je te remercie, ironisé-je. Mais Hayden et moi on n'a pas…

– Oh, Blake, à d'autres ! Je suis ta meilleure amie, je te signale, ta BFF[6], ajoute-t-elle en insistant sur le dernier mot. Dès le premier jour, tu as partagé ton lit avec ce mec, même une none n'aurait pas résisté, alors toi…

Touchée. Mais vous l'avez entendue, même une none n'aurait pas résisté.

---

5 - Héros sexy et charismatique, et un chouia psychopathe, de la série télévisée de *The Vampire Diaries*.

6 - Acronyme anglais de *Best Friend Forever* (meilleur ami pour toujours).

– OK, j'ai couché avec lui une ou deux fois. Enfin trois ou quatre, mais...

– Chérie, en temps normal j'aurais adoré que tu me racontes tous les détails croustillants de tes parties de jambes en l'air, sauf que ce n'est pas le moment. J'ai commis une connerie, Blake. Une grosse connerie.

Mes yeux roulent dans leur orbite. Je suis persuadée qu'elle dramatise pour rien.

– Quoi, tes petites culottes en soie ont rétréci au lavage ?

– Déconne pas, Tyler est au courant.

Dès que le prénom de l'enfoiré qui m'a brisé le cœur retentit, ma gorge se serre.

– Au courant de quoi, Tia ? demandé-je d'une voix blanche.

– Que Hayden se trouve avec toi ! répond-elle précipitamment. J'ai croisé ce connard de Tyler dans un bar hier soir, et je n'ai pas résisté à l'envie de lui rentrer dedans, tu me connais.

– Tia..., soupiré-je, à la fois reconnaissante que mon amie prenne mon parti et inquiète de ce qu'elle a bien pu faire.

– Il était là, installé tranquillement au comptoir en train de s'envoyer des whiskys, alors je me suis pointée et je lui ai flanqué sous les yeux la photo de Hayden que tu m'avais envoyée.

– Tia ! m'insurgé-je.

Eh merde. Moi qui souhaitais rester discrète, je pense que pour le coup, c'est raté.

– J'étais en colère, Blake, je voulais lui faire du mal comme il t'en a fait, qu'il sache qu'il était de l'histoire ancienne !

J'expire longuement pour tenter de dénouer la boule qui se forme au creux de mon estomac. Un mauvais pressentiment s'empare de moi, et la sensation que les problèmes sont sur le point de me tomber dessus m'oppresse.

– Blake, t'es toujours là ?

– Hm, hm, confirmé-je en m'extirpant de mes élucubrations. Et comment il l'a pris ?

– Pas très bien, avoue-t-elle au bout de plusieurs secondes. Il était un peu sur les nerfs en quittant le bar, en affirmant que ça ne se passerait pas comme ça. Je suis désolée, Blake…

Évidemment, l'ego de Tyler n'a pas dû apprécier… Le souci, c'est que je ne sais pas ce qu'il serait capable de faire, il ne manquerait plus qu'il débarque ici, tiens !

– Ce n'est rien, Tia, mais je dois te laisser. Je te rappelle bientôt.

Je raccroche sans attendre de réponse de sa part, et jette un nouveau coup d'œil dans la glace. Le coup de fil de Tia a eu l'effet d'un électrochoc. Ces derniers jours, ces dernières heures avec Hayden, étaient ce qui s'approchait le plus du paradis, et voilà que je suis descendue de mon petit nuage. Et j'ignore comment lui annoncer que nous allons devoir gérer incessamment sous peu son ami furax.

Je prends mon courage à deux mains et décide de le rejoindre dans la chambre. Mais à l'instant où je pose un pied dans la pièce, je surprends Hayden près de la porte grande ouverte, à fixer l'homme campé sur le seuil. Je contourne le lit afin de découvrir qui vient nous déranger au sein de notre nid douillet, et mon sang se fige dans mes veines à l'instant où je reconnais celui qui darde un regard glacial sur moi.

– Salut, mon cœur. Je t'ai manqué ?

Mon rythme cardiaque s'emballe, je suis à deux doigts de me pincer pour m'assurer que je ne rêve pas, qu'il n'est pas un mirage. Mais je suis contrainte de me rendre à l'évidence : Tyler se tient bien devant moi, en chair et en os, adossé avec nonchalance contre le chambranle de la porte, les mains enfoncées dans les poches de son bermuda.

La scène est presque irréaliste : une chambre, Hayden, moi à poil sous ma serviette, un lit défait, et Tyler qui nous observe tour à tour, pas dupe une seule seconde de la façon dont nous avons occupé notre temps. Mon ex-fiancé, son pote devenu mon… je ne sais pas quel qualificatif lui octroyer d'ailleurs, et moi, réunis au même endroit. On dirait le début d'une mauvaise blague. D'une très mauvaise blague.

– Qu'est-ce que tu fous là ? gronde Hayden.

Bien qu'il soit dos à moi, je devine qu'il est tendu. Ses muscles puissants sont contractés sous le tissu de son tee-shirt, sa main qui empoigne le montant est si crispée autour du bois que ses phalanges en blanchissent.

– Aux dernières nouvelles, la réservation est au nom de Lancaster, mais moi, je ne vais pas te faire l'affront de te demander la raison de ta présence ici. Dans la chambre que je devais occuper avec ma femme, rétorque Tyler d'une voix si froide que des frissons couvrent d'emblée mon épiderme.

La tension est à son comble lorsque Tyler tente de pénétrer à l'intérieur et que Hayden s'interpose. Les deux hommes s'observent longuement, l'hostilité qui émane de l'échange est palpable, et je crains que la situation dégénère si je n'interviens pas rapidement.

– Laisse-moi passer, Hayden, reprend Tyler, je dois parler à Blake.

– Et discuter de quoi, au juste ? Du pourquoi tu l'as larguée le jour de votre mariage ? riposte Hayden, railleur.

Je traverse alors la chambre, me poste à ses côtés. Je pose ma main sur son bras, et je sens qu'il se détend imperceptiblement dès qu'il sent le contact de ma paume.

– Ça va, Hayd, laisse-le entrer.

Un sourire triomphant fend le visage de mon ex éclairé par

le spot du perron, et les ombres qui obscurcissent ses traits les durcissent sensiblement, et transforment son sourire en un rictus mauvais. J'ai l'impression que c'est un inconnu qui me fait face, et ce constat me met plus que mal à l'aise. Tyler a-t-il toujours été cet homme ? Jouait-il un rôle, ou bien étais-je trop aveugle pour m'apercevoir de sa véritable personnalité ?

Hayden pivote vers moi, et l'expression de son regard me comprime le cœur.

– J'ai besoin de savoir, Hayd, tu comprends ?

Il hoche la tête, et s'écarte de l'embrasure à contrecœur pour laisser le champ libre à Tyler. Ses doigts se nouent brièvement aux miens, les serrent comme s'il m'implorait de le retenir. Et bien que je souhaiterais de toutes mes forces effacer ces cinq dernières minutes, retrouver notre bulle dans laquelle mon ex n'existait pas et où seuls nous deux importions, Tyler est là, et je ne supporte plus de rester dans l'ignorance.

Il me doit une explication. Je me contenterais de n'importe laquelle, même de la plus absurde, car je préfère qu'il me serve un bobard plutôt que de continuer à me triturer les méninges sur les raisons qui l'ont poussé à me planter devant l'autel.

Alors je délie mes doigts de ceux de Hayden, bien que je m'en veuille immédiatement pour cela, et lorsqu'il tourne les talons pour quitter la chambre, j'ai la sensation qu'il emporte un morceau de moi avec lui, et c'est le cœur lourd que je referme la porte.

– Qu'est-ce que tu fais ici, Tyler ? soupiré-je, toujours dos à lui.

– À ton avis ?

Je me résous à me retourner pour l'affronter, et je demeure figée. Tyler n'est qu'à quelques centimètres de moi, à me dévorer des yeux. Merde. J'avais oublié à quel point le bleu de ses iris pouvait parfois se révéler hypnotique. Après tout, je l'ai aimé, du moins, je pense que c'était de l'amour, et les sentiments ne s'évaporent pas du jour au lendemain, si ?

– Je donne ma langue au chat, répondé-je.

J'ai tenté de faire preuve d'assurance, néanmoins, le vacillement de ma voix me trahit et tire un sourire à Tyler.

– Oh, Blake, si c'est à moi que tu donnais ta langue, je te ferais perdre la tête, susurre-t-il en effleurant ma pommette du bout des doigts.

– Arrête ça tout de suite, Ty, fulminé-je en dégageant sa main d'un geste sec.

Il recule de quelques pas, un foutu sourire plaqué sur les lèvres.

– T'as toujours été sexy quand tu te mets en colère, et je dois avouer que tu es particulièrement belle ce soir. Je constate que l'air des Bahamas te va bien.

Ses pupilles balaient mon corps avec un intérêt indécent, et je me souviens soudain que je ne porte rien d'autre qu'une fichue serviette qui couvre à peine mes cuisses nues. Je maintiens le tissu tant bien que mal sur ma poitrine, et essaye de dissimuler mon trouble autant que possible.

– Continue et je te fous dehors, le menacé-je.

– Ça va, Blake, je ne me suis pas tapé des milliers de kilomètres pour me battre avec toi.

– Alors dis-moi pourquoi tu es venu.

– Mais pour toi, Blake, enfin ! s'emporte-t-il. J'ai fait une énorme connerie, j'en ai conscience, mais je veux te récupérer.

J'ouvre la bouche, pourtant je reste muette comme une carpe. Il m'a plantée en beauté il y a plus d'une semaine, et il ose se pointer, la bouche en cœur, en fanfaronnant qu'il désire me récupérer. Du Tyler tout craché. Convaincu qu'il suffit de claquer des doigts pour réparer ce qui a été brisé sans même chercher à s'excuser. D'autant que je suis incapable de déterminer s'il est sincère ou non.

– Tu aurais dû y penser avant, tu ne crois pas ? Avant de prendre tes jambes à ton cou sur le parvis de l'église, par exemple ?

Son visage se ferme, son regard s'assombrit.

– Blake…

Je secoue la tête.

– Non, Tyler, tu ne peux pas débarquer et décréter que nous deux, on pourrait encore avoir un avenir.

Il passe une main dans ses cheveux, visiblement exaspéré, avant de commencer à faire les cent pas.

– Bon sang, tu vas vraiment me foutre dehors sans même nous laisser une chance de discuter ?

Je me mords l'intérieur de la joue, tente de maîtriser la colère que je sens poindre en moi.

– Tu veux discuter ? Très bien, attends-moi sur la terrasse le temps que je m'habille.

– T'es au courant que je t'ai vue nue un bon millier de fois ?

– Eh bien on va éviter la fois de trop, répliqué-je, cassante.

16

Blake

Je me hâte d'enfiler les sous-vêtements les moins affriolants possibles, puis de fouiller mes sacs à la recherche d'une tenue décente, avant de me rabattre sur l'un des tee-shirts de Hayden que je passe par-dessus le dernier mini short qu'il me reste. Son odeur m'enveloppe aussitôt, me rassérène quelque peu. J'aimerais tant qu'il soit à mes côtés… mais pour cela, je dois d'abord me débarrasser de Tyler.

J'attache mes cheveux encore humides en un chignon négligé, m'empare d'un soda dans le frigo, et rejoins mon ex-fiancé sur la terrasse. Dès que les lattes du plancher de bois craquent sous mes pas, Tyler, qui était accoudé derrière la balustrade à observer les vagues se fracasser sur les rochers en contrebas, se tourne dans ma direction. Ses yeux s'attardent sur le vêtement trop large pour moi, et une grimace tord les traits de son beau visage.

– Si tu voulais me blesser, Blake, tu n'aurais pas pu mieux

t'y prendre, remarque Tyler en se hissant sur la rambarde. Choisir l'un de mes potes pour te barrer en lune de miel, mon témoin qui plus est, c'était fort.

Je m'installe sur la balancelle, m'assois en tailleur puis avale une grande rasade du soda avant de relever la tête vers lui. Je n'ai pas envie de rentrer dans son petit jeu concernant Hayden ni de me justifier.

– Surtout qu'aux dernières nouvelles, tu le détestais, poursuit-il.

– On commet tous des erreurs de jugement, la preuve, j'ai toujours cru que tu m'aimais.

– Je t'aime, Blake, rectifie-t-il.

– Donc toi, tu largues la femme que tu aimes le jour de votre mariage. C'est si romantique, Tyler, ironisé-je.

– Je ne t'ai pas larguée, Blake !

– Ah non ? Ça y ressemblait vachement, pourtant !

– J'ai pris peur ! s'époumone-t-il subitement.

Je reste interdite une seconde. Tyler, avoir peur ? Il est le genre de mec à masquer ses sentiments, notamment ses craintes, alors qu'il décide de les assumer maintenant…

– C'est toi qui as voulu te marier, et tu voudrais me faire croire que tout à coup, tu as eu si peur de t'engager que tu as foutu le camp ?! As-tu seulement une idée de ce que j'ai éprouvé lorsque je me suis rendu compte que tu ne me rejoindrais pas ? Quand j'étais seule, comme une conne devant l'autel, dans ma belle robe blanche ?

De rage, je lui balance ma canette à la tronche, mais manque de bol pour moi, je rate ma cible, et le cylindre métallique explose au sol. Tyler sursaute lors de l'impact.

– T'es dingue, Blake.

– Raison de plus pour que tu te barres d'ici, renchéris-je.

Il glisse de son perchoir pour prendre place à mes côtés. Il tente de me saisir les mains, mais je les retire précipitamment avant qu'il me touche et recule autant que possible pour instaurer une certaine distance entre nous. Tyler tique, cependant, il ne relève pas et se contente de répondre :

– Tu n'as pas compris, Blake : je ne partirai pas sans toi.

Je cligne plusieurs fois des paupières, craignant d'avoir mal entendu, puis éclate de rire. Un rire nerveux, cela va de soi.

– C'est toi qui n'as pas compris, Ty : c'est trop tard.

– Attends... T'es en train de me dire que c'est fini ? Alors ça y est, tu passes une semaine avec *lui*, crache-t-il comme si c'était une insulte, et tu fais une croix sur nous deux ? Trois ans, Blake, je te rappelle que nous deux, ça fait trois ans. J'espère que pour toi ça compte davantage que quelques jours en compagnie d'un gars qui n'a jamais pu t'encadrer, pour qui tu n'as aucune importance !

Sa tirade se fiche directement dans mon cœur. Malgré moi, j'accuse le coup.

– Hayden n'a rien à voir avec ma décision, répondé-je, un léger tremblement dans la voix. D'ailleurs, tu as ramené tes fesses jusqu'ici juste parce que ton ego en a pris un coup, sinon tu m'aurais rejointe bien avant, et pas seulement après avoir appris que ton pote se trouvait ici !

Tyler secoue la tête, se lève brusquement, l'air passablement sur les nerfs.

– Quand ta mère m'a prévenu que tu t'étais envolée pour les Bahamas, j'ai failli sauter dans le premier avion, mais j'avais tellement honte que j'ai préféré rester à New York. J'ai pensé que tu avais besoin de temps, et qu'à ton retour, je pourrais m'expliquer, te dire à quel point je regrettais.

– Tu aurais dû m'attendre à New York alors, Ty.

– Impossible. Il était hors de question que je laisse Hayden nous bousiller plus qu'il ne l'a déjà fait ! Que je te laisse faire le mauvais choix ! s'écrie-t-il.

Je me lève à mon tour, furieuse. J'en ai plus qu'assez

d'écouter ses conneries, qu'il charge Hayden, car il n'assume pas d'avoir merdé.

– Le mauvais choix ? répété-je. Ce n'est pas Hayden qui m'a abandonnée, Ty, c'est toi ! Cesse de te chercher des excuses, celui qui nous a bousillé, c'est toi !

Tyler stoppe net ses allers-retours effrénés et se plante devant moi, la mâchoire crispée.

– Très bien, crois ce que tu veux, Blake. Crois qui tu veux. Mais sache que je serai là pour toi quand tu t'apercevras que le connard de l'histoire, ce n'est pas moi.

À peine termine-t-il sa phrase qu'il extirpe son téléphone de sa poche, pianote quelque chose que je ne distingue pas sur l'écran avant de le ranger. Mon portable, resté dans la chambre, émet aussitôt le « ding » caractéristique de la réception d'un message.

– Si t'as besoin de moi, je serai à l'Embrace Resort.

Sur ces mots, il s'éclipse, et j'accueille ma subite solitude avec soulagement. Pourtant, il n'est que de courte durée, puisque c'est la boule au ventre que je récupère mon portable. Tyler m'a envoyé une vidéo, et dès que mon doigt appuie dessus pour la lancer, mon cœur cogne si fort contre mes côtes que chaque battement en est douloureux.

Je renifle si bruyamment que le bruit pourrait réveiller un mort, et essuie les larmes qui débordent de mes paupières à m'en arracher la peau.

Merde.

Je suis tellement stupide. Non, mais je m'attendais à quoi ? Qu'après le fiasco de ma vie amoureuse, mon prince charmant apparaîtrait comme par magie ? Qu'après m'avoir déclaré son amour, nous vivrions heureux pour toujours avec une ribambelle de bambins autour de nous ?

Oui, je suis définitivement stupide pour avoir cru, ne serait-ce que l'espace d'un instant, que Hayden ne serait pas comme les autres.

Je ferme les yeux, mais les images vacillantes de la putain de vidéo ne s'estompent pas, au contraire. Je revois bien trop clairement Hayden ainsi que la stripteaseuse, mieux roulée que je ne le serai jamais, assise sur ses genoux, lors de l'enterrement de vie de garçon de Tyler, la veille de notre mariage. Je perçois encore ses éclats de rire se perdant dans la musique électro du club, mais surtout, les mots qui sont sortis de sa bouche et qui repassent en boucle dans mon esprit, comme un vieux disque raillé.

– *Putain, Tyler, fais pas le con, il te reste encore quelques heures pour changer d'avis. Nan, mais tu t'imagines passer toute ta vie avec elle ? On parle de Blake quand même, mec. Faudrait être dingue pour se contenter de ce genre de nana !*

– *Arrête, Hayd, t'es torché, et si tu continues comme ça, Tyler risque de se faire la malle demain ! s'esclaffe un ami de Tyler dont j'ai oublié le nom.*

– *Quoi ? Je lui rends service. Vous l'avez vue ? Elle est… quelconque. Bon, OK, elle a un beau cul, mais ça ne rattrape pas son caractère de merde. Insupportable cette gonzesse…*

J'ignore ce que contient le reste de la vidéo, je n'ai pas eu la force d'en poursuivre le visionnage. Et à chaque fois que je me remémore ces quelques secondes, j'ai l'impression que l'on m'enfonce une lame chauffée à blanc en plein cœur.

– Blake ?

La voix empreinte d'inquiétude qui s'élève soudain écartèle un peu plus le trou béant qui s'est formé dans ma poitrine. Tout comme les bras qui s'enroulent autour de ma taille. Le corps chaud de Hayden se presse contre le mien, ses doigts glissent lentement sous mon menton afin de relever mon visage vers le sien, son pouce essuie la larme qui s'est échappée de mes cils.

Je ne me suis même pas rendu compte qu'il était revenu dans la chambre, et bien que je mourrais d'envie de me blottir au creux de son étreinte, j'ai beaucoup trop mal pour parvenir à lui pardonner ce que j'ai entendu.

– Blake, dis-moi ce qui s'est passé, sinon je crois que je vais péter les plombs, grogne-t-il.

Ses iris s'arriment aux miens, renferment une certaine détermination, néanmoins, je ne supporte plus qu'il me touche. Pas après qu'il se soit foutu de ma gueule.

– Ne me touche pas.

– Quoi ? Mais putain, Blake, tu vas me dire ce qu'il s'est passé avec Tyler, oui ou merde ?! Qu'est-ce qu'il t'a fait ?

Il tente de me caresser la joue, mais je l'en empêche et m'éloigne de lui. Je me réfugie près de la tête de lit, m'empare d'un oreiller que je serre contre moi comme pour me protéger.

– Ce n'est pas lui le problème, Hayd. C'est toi.

Hayden me fixe sans comprendre. Son poing se contracte autour de l'ossature de métal du lit et je sens qu'il est sur le point d'exploser.

– Moi ? Je ne sais pas quelles conneries il t'a racontées, mais n'en crois pas un mot ! s'égosille-t-il en serrant davantage la barre dans sa paume. Ne le laisse pas nous atteindre, je t'en prie.

– J'ai pas besoin de le croire. « Quelconque », « caractère de merde », et quoi encore ? Ah oui, « insupportable ». Ça ne te rappelle rien ?

J'extrais mon portable de ma poche avant qu'il ne rétorque quoi que ce soit, monte le volume de l'appareil à fond puis lui flanque l'écran sous les yeux. Dès que la vidéo s'enclenche, le visage de Hayden devient exsangue, et je me fais violence pour ne pas refondre en larmes quand les mots résonnent de nouveau.

– Blake, je…, bredouille-t-il. J'étais ivre mort, j'étais en colère, car j'étais persuadé que j'allais te perdre définitivement. Je ne pensais pas un traître mot qui est sorti de ma putain de bouche ce soir-là !

– Je suis persuadée qu'au contraire, l'alcool t'a fait cracher ce que t'avais sur le cœur. Alors quoi, le but était de bourrer le crâne de Tyler pour qu'il lâche l'affaire et que tu rafles la mise ?

Il secoue tristement la tête en baissant les yeux.

– Tu me connais, Blake, tu sais que je n'aurais jamais fait un truc pareil.

– J'en sais rien, justement.

– Cette semaine, c'était le vrai moi, Blake, pas l'abruti incapable de gérer ses sentiments pour toi ! s'énerve-t-il.

Il se lève brusquement, contourne le lit pour me rejoindre. Il m'arrache des mains l'oreiller, le balance à travers la pièce, et je n'ai même pas le loisir de protester qu'il me saisit les poignets pour m'attirer à lui. Ma poitrine s'écrase contre son torse, et mon rythme cardiaque accélère sensiblement.

– Alors pourquoi j'ai juste l'impression de voir le gros connard que tu as toujours été avec moi ? murmuré-je en soutenant son regard dont le bleu m'évoque l'océan sur le point de se déchaîner.

Ses lèvres frôlent les miennes, son souffle s'échoue sur ma peau.

– Fais pas ça, Blake. Je t'interdis de foutre en l'air ce qu'on a vécu.

– C'est toi qui as tout foutu en l'air, Hayd…

Sans que je le voie venir, sa bouche heurte la mienne pour un baiser rude, amer, qui menace de faire éclater mon cœur.

Et je ne comprends pas pourquoi ce que j'éprouve est aussi fort. Hayden m'a menée en bateau depuis le début, et je refuse de souffrir davantage.

– Tu m'as baisée dans tous les sens du terme, chuchoté-je dès que ses lèvres m'abandonnent, les yeux embués de larmes. Et je ne veux plus te voir.

17

Hayden

Trois jours que je broie du noir dans mon appart, trois jours que mon estomac se tord à chaque fois que je tombe sur sa messagerie, trois putains de jours qu'elle m'a largué sans réelles explications et que je chiale comme un gamin. Même le retour en avion ne m'a pas affecté, tant je suis anesthésié par cette douleur qui me ronge de plus en plus chaque jour.

Je me sens vide, insignifiant et terriblement en manque d'elle. J'ai besoin de sa peau, de son parfum envoûtant, de son sourire diabolique et de sa répartie qui la rendent si irrésistible. Blake Dawson est devenue une drogue insidieuse qui m'a rendu complètement accro le jour où j'ai goûté à sa peau. Mais sans elle à mes côtés, ma vie semble insipide et déprimante. Je suis paumé comme un camé en manque de sa dose.

Je n'ai même pas eu le courage de défaire mes valises, de peur de me confronter à trop de souvenirs douloureux. Depuis leur départ des Bahamas, Tyler n'a pas donné signe de vie non plus. Cet égoïste a encore réussi à m'enlever, pour la deuxième fois, celle que je désire plus que tout. Si je n'avais pas pris l'initiative de l'accompagner à cette lune de miel, il n'aurait jamais eu l'audace de la retrouver.

Putain d'enfoiré !

Sortant d'un demi-sommeil, je suis allongé, amorphe dans mon lit lorsque la sonnerie de mon portable me tire de ma léthargie.

*Et si c'*était elle *?*

Dans un geste précipité, je me saisis de mon téléphone sans même jeter un coup d'œil à l'écran et décroche :

– Allo ! Blake ! C'est toi ?!

– Hayden Johnson ? demande une voix de femme un peu hésitante.

– Oui, c'est pour quoi ? bredouillé-je en passant ma main sur mon visage, déçu de ne pas avoir ma brune au bout du fil.

– Bonjour, excusez-moi de vous déranger, ici la Soho Photo Gallery.

– Bonjour…

– Nous avons examiné votre travail avec intérêt il y a quelques mois, lorsque vous nous avez sollicités pour exposer vos œuvres. Nous aimerions vous inviter à les présenter lors de notre prochaine exposition qui aura lieu dans trois semaines. Vous auriez carte blanche ! Seriez-vous intéressé et prêt à nous proposer plusieurs clichés ?

– Quoi !? Oui… Oui bien sûr que j'accepte, formulé-je difficilement.

– Nous sommes impatients de collaborer avec vous ! Je vous enverrai toutes les formalités par mail. À bientôt, Hayden !

– Oui, merci beaucoup, bégayé-je, complètement abasourdi par ce qui vient d'arriver.

Je raccroche avec fébrilité. Soudain, une idée lumineuse germe dans mon esprit. Et si cette exposition m'aidait à mieux rebondir pour reconquérir ma petite furie ? Collaborer avec cette galerie photo est une merveilleuse opportunité. Je suis peut-être à un tournant dans ma carrière. Je me précipite vers ma sacoche, en sors mon appareil photo et l'allume avec nervosité. Je prends une grande inspiration avant de contempler le visage de Blake illuminer chacun des clichés.

La voilà mon expo !

Après avoir pris du recul, j'ai décidé de reprendre ma vie en main. Je suis déterminé à prouver à Blake que je l'aime à en crever et que la personne qu'elle a vue dans cette foutue vidéo n'était que le Hayden frustré, blessé, égoïste, car incapable de la laisser être heureuse avec Tyler parce qu'il avait peur de la perdre. Je sais que regagner la confiance de Blake ne sera pas facile, mais je refuse de baisser les bras.

Je me consacre sans relâche à la sélection des photos que j'exposerai et qui reflètent le mieux les émotions et la passion que je ressens pour elle. En attendant, je l'appelle sans cesse en priant pour qu'elle daigne enfin me répondre. Chaque jour qui passe est une épreuve, un supplice que je m'inflige en regardant mon téléphone toutes les cinq minutes, en espérant un signe de sa part. Mais rien. Seuls le silence et le vide de son absence me répondent depuis bientôt deux semaines. C'est à en devenir fou.

Je me suis résolu à contacter Tia pour la supplier de me donner des nouvelles de Blake, mais elle a été glaciale, presque insultante. Je me souviens encore de ce qu'elle m'a dit, mot pour mot, de sa voix sèche et dédaigneuse :

« Hayden, tu as tout gâché. Tu es pathétique à essayer de la récupérer maintenant. Blake ne veut plus jamais te voir, alors arrête de la harceler. »

Je me suis senti brisé, abandonné et en colère. Je refuse de laisser tomber et de l'oublier.

C'est pour cela qu'aujourd'hui, je me tiens en bas de la rue, les yeux rivés sur l'entrée du bâtiment où Tia avait un shooting photo avec l'une de mes connaissances. J'ai fait jouer mes relations pour obtenir une entrevue avec la seule personne capable de convaincre Blake Dawson de me donner une seconde chance.

Lorsque j'aperçois les boucles brunes d'une superbe métisse franchir la porte, je me fraye un chemin à travers la foule, déterminé à ne pas la perdre des yeux. Tia semble m'avoir enfin repéré, et vu son air renfrogné, je ne pense pas que la tâche sera aisée.

– Salut, Tia ! On peut prendre un verre ? J'ai besoin de te parler, lui annoncé-je d'emblée.

– Ah non, pas encore toi ! rétorque-t-elle avec un air exaspéré. Tu n'as vraiment pas de limites, Hayden.

– Laisse-moi juste t'expliquer ma version des faits. Je te promets que si je ne te persuade pas, tu n'entendras plus parler de moi, supplié-je avec mes yeux de chien battu.

Tia me toise de son regard assassin, puis soupire :

– D'accord, cinq minutes, pas une de plus. Mais t'as intérêt à être honnête avec moi ou j'te jure que je t'en ferais baver jusqu'à ta mort !

– Je crois que c'est clair ! Et je prends le risque ! répondé-je, sûr de moi.

Assis dans un bar du quartier, je me tiens face à Tia, ses iris vert émeraude me fixant intensément, exprimant une certaine hostilité à mon égard. Je sais qu'elle n'attend qu'un mot de travers de ma part pour me sauter à la gorge.

Cette fille est belle, c'est indéniable. Elle dégage un charme fou, avec un petit côté sauvage et exotique qui ne vous laisse pas insensible. Mais il y a quelque chose de sombre et de dur dans son regard, comme si elle avait déjà traversé des épreuves difficiles et qu'elle s'efforçait de les dissimuler derrière ce tempérament fougueux qui a tendance à en refroidir plus d'un.

Depuis que je la connais, je n'ai jamais vu de petit ami à son bras ou en tout cas, rien de sérieux. Nous partageons cette même facette mystérieuse, cette même apparence de force qui cache des blessures invisibles, une frustration, des sentiments non assumés.

Je sais de quoi je parle, j'ai fait semblant pendant trois longues années.

– Je t'écoute, Johnson. Fais vite, mon temps est précieux et je ne suis pas certaine que tu le mérites, déclare Tia d'un ton tranchant.

Je prends une grande inspiration et entame mon monologue en y mettant toute ma franchise :

– J'ai réalisé que je suis tombé amoureux de Blake le jour où je l'ai rencontrée, avoué-je, mes yeux fixés sur le sol. Malheureusement, Tyler est rapidement devenu son petit ami. J'ai choisi de ne pas interférer pour préserver notre amitié et parce que je ne pensais pas avoir la moindre chance avec elle.

Tia, attentive, me jette un regard dur comme pour m'inciter à continuer afin d'en finir au plus vite.

– Mais voir Tyler et Blake ensemble chaque jour a été une torture pour moi, reprené-je en serrant les poings. Être le témoin de leurs embrassades, de leur amour, de tout ce que j'ai toujours désiré avec elle, m'a rongé de l'intérieur pendant des années. Et apprendre qu'ils allaient se marier m'a dévasté, lâché-je d'une voix faible.

Tia garde le silence, se contente de me fixer, écoutant chaque mot que je prononce avec intérêt.

– Tu as vu la vidéo, n'est-ce pas ? Eh bien, elle ne reflète rien d'autre qu'un homme triste et frustré d'avoir dissimulé son amour à la seule femme qu'il n'ait jamais aimée, confessé-je. J'étais complètement bourré et l'alcool m'a poussé à libérer toute la douleur que je ressentais. Je voulais me focaliser sur ses défauts et me convaincre qu'elle était loin d'être parfaite, qu'elle n'était pas faite pour moi. C'était censé m'aider à tourner définitivement la page, tu comprends ? Mais tout est faux ! Chacun de mes mots sur cette putain de vidéo est un mensonge ! J'aurais beau faire n'importe quoi, c'est Blake que je veux, car je l'ai dans la peau.

Tia me détaille longuement et semble vouloir juger de ma sincérité. Elle paraît peser le pour et le contre durant de longues minutes, mais son regard finit par changer et j'espère qu'à cet instant, elle me voit tel que je suis vraiment.

– Toi aussi, tu lui manques, assure-t-elle avec un demi-sourire, mais je ne t'ai jamais dit ça, OK ?!

Elle baisse d'un ton, comme si elle craignait que quelqu'un d'autre entende.

Abasourdi par ses révélations, je ne peux m'empêcher de la harceler de questions.

– Vraiment ? Alors pourquoi ne répond-elle pas à mes appels ni à mes SMS ? Pourquoi refuse-t-elle d'écouter mes explications ?

– Hé oh, doucement, me coupe-t-elle. Ce n'est pas à moi de te répondre. Elle a suffisamment à gérer avec Tyler, et au passage, tu lui as quand même brisé le cœur. Alors j'espère vraiment que tu es sincère, soupire-t-elle, les mains jointes sur la table.

Elle prend une pause, puis poursuit sur un ton plus sérieux :

– Tu as de la chance, je n'ai jamais pu encadrer ton pote Tyler, et je n'ai jamais vu Blake aussi malheureuse. Mais ça n'efface pas pour autant la piètre opinion que j'ai de toi ! Tu as agi comme un connard et tu mérites de ramer un peu plus mon gars ! Dis-moi comment tu comptes te rattraper et je verrai si je suis disposée à t'aider.

Putain, mon cœur se serre à cette idée. Mais je décide de ne plus lui poser de question sur Blake si je veux gagner sa confiance.

Tia a changé d'attitude, passant d'une tigresse prête à attaquer sa proie à un chat sortant les griffes. Il ne me reste plus qu'à la convaincre, même si sa rancune envers Tyler risque de jouer en ma faveur, et d'ailleurs, je ne vais certainement pas m'en plaindre.

Alors, je n'hésite pas à lui exposer mes intentions avant qu'elle ne change d'avis :

– Dans une semaine, j'exposerai pour la première fois à la Soho Photo Gallery, et je souhaiterais que tu convainques Blake d'assister à cet événement. Tu peux inventer n'importe quoi pour l'emmener, mais ne dis surtout pas qui est l'artiste en question et propose-lui cette sortie quelques heures avant l'expo pour qu'elle ne prenne pas le temps de se renseigner. J'ai peur qu'elle ne vienne pas si elle découvre que c'est moi.

– Une exposition ? Pas mal comme idée. Sur quel thème ? demande-t-elle toujours sur un ton neutre.

– Notre séjour aux Bahamas, mais composé principalement des portraits que j'ai réalisés de Blake. Je veux lui rappeler la façon dont moi, je la vois.

– T'es un romantique en fait, Hayden, se moque-t-elle, les yeux rieurs. Je crois que Blake risque d'être plus que surprise, et la connaissant, peut-être pas dans le bon sens. Alors, on va prier pour que tout se passe bien, hein ? Enfin, seulement dans l'éventualité que j'accepte de l'emmener, Hayden.

– Merci de me rassurer, Tia. Je crois que je n'ai plus aucune raison de flipper maintenant, lui répondé-je ironiquement.

Depuis plusieurs jours, j'attends avec impatience des nouvelles de Tia. J'espère qu'elle acceptera ma proposition et qu'elle réussira à convaincre Blake de venir à mon exposition, fruit de plusieurs semaines de travail acharné. Pour moi, il est essentiel de partager ce moment avec l'unique personne qui compte le plus dans ma vie.

Pour passer le temps, j'essaie de sortir avec quelques amis pour me changer les idées et m'aérer l'esprit. Rester enfermé chez moi à me morfondre n'est plus une option. Voir du monde ne peut que me faire du bien, d'autant que je n'ai pas le tempérament d'une personne qui se laisse aller. D'habitude, je suis plutôt jovial, j'aime déconner, plaisanter. Mais ces dernières semaines, je me suis senti abattu, ce qui n'est pas dans ma nature.

Mis à part Tyler, mon cercle d'amis est issu de ma profession. Je suis assis avec eux autour d'une table dans un bar très sélect de New York, en train d'avaler mon deuxième whisky sans même prendre le temps de le savourer. Je ne bois pas pour m'enivrer dans le but de passer une bonne soirée ou de me motiver à rencontrer une fille qui me fera oublier celle qui m'obsède, mais pour soulager la douleur qui me tourmente.

La musique entêtante m'envoûte et le déhanché de la belle brune sur la piste de danse me rappelle trop celui de celle qui m'a abandonné. Des images suaves de Blake, collée à moi lors de notre bachata torride, refont soudainement surface. Hypnotisé par les mouvements sensuels de l'inconnue, je me laisse porter jusqu'à elle et l'enlace par la taille, collant mon torse contre son dos. Elle ne se dégage pas de mon étreinte, m'enserre la nuque de ses bras, et tout en frottant son corps contre le mien, elle réveille instantanément mon désir. Je ferme les yeux et glisse mon nez dans le creux de son cou, mais l'odeur d'un parfum bon marché me ramène à la réalité.

Merde ! Mais putain, qu'est-ce que je fous ?! Ce n'est pas elle !

Je me libère brutalement de son emprise et me précipite vers la sortie pour prendre l'air afin de me reconnecter.

Je crois que sans elle, je perds la tête.

Putain Blake, j'ai besoin de toi…

18

Blake

– Tu as fait le bon choix, mon cœur.

Je me crispe lorsque le bras de Tyler se pose sur mes épaules. Je me dégage aussitôt, m'avance vers le tapis roulant censé apporter ma putain de valise qui, visiblement, ne daigne pas arriver.

L'aéroport est bondé en ce début de mois de juillet, je me sens étouffer, bien que la température ne soit pas aussi élevée qu'à Staniel Cay. Tyler m'emboîte le pas aussitôt, accentuant la sensation désagréable qui m'oppresse.

Quand il m'a retrouvée dans ma chambre d'hôtel, le lendemain du départ de Hayden, il s'est tant confondu en excuses et mon cœur était si meurtri, que j'ai accepté de lui laisser une seconde chance. De nous laisser une seconde chance. Tyler est bourré de défauts, je le reconnais volontiers, néanmoins, il ne m'a jamais menti. Pas comme Hayden qui s'est bien foutu de moi durant tout notre séjour. Et dire que j'aurais pu tomber amoureuse de lui... Mais à ses yeux, je ne devais être qu'un trophée de plus à accrocher à son tableau de chasse.

Pourtant, je ne peux me débarrasser de ce foutu pressentiment qui me colle à la peau. Ce même pressentiment qui m'avait envahie avant de me faire larguer devant l'autel. Vous savez, cette sorte de sixième sens qui se manifeste pour te murmurer à l'oreille :

« Eh ma grande, tu commets une sacrée connerie. »

Et apparemment, je ne l'écoute toujours pas puisque je m'apprête à rentrer chez moi en compagnie de Tyler. Je me secoue afin d'oublier ma conscience qui s'évertue de toquer avec insistance à la porte de mon esprit, m'apprête à saisir mes bagages, mais Tyler est plus rapide et s'en empare.

Le mode chevalier servant est activé, apparemment, et sans que je sache pourquoi, cela m'irrite. Peut-être parce que cela n'a rien de naturel chez lui, et détonne avec son comportement habituel.

Je le suis sans le moindre entrain à travers les méandres des halls, jusqu'à ce que nous parvenions à l'extérieur. La pluie tombe dru, rendant l'horizon si opaque que je peine à le discerner. La chaleur des Bahamas me manque, son soleil qui me caressait la peau, ses eaux turquoise qui s'échouaient contre mes chevilles et...

Stop. Cesse de penser à lui.

Ce voyage n'était qu'une parenthèse dans ma vie que je dois laisser derrière moi, d'autant que je dois reconnaître que la grisaille ambiante s'accorde à la perfection à la mélancolie qui m'habite depuis que j'ai décollé de Nassau. Enfin, depuis plus longtemps que ça. Cependant, je refuse de songer à la cause de mon mal-être.

Tyler m'ouvre la portière de l'un des innombrables taxis stationnés le long du trottoir, et je m'engouffre à l'intérieur. L'odeur de cuir et de tabac froid me prend immédiatement au nez, néanmoins, cela est préférable aux effluves d'after-shave qui émanent de Tyler, car je m'aperçois que cette fragrance me file la nausée. Il l'a pourtant toujours portée, et ce n'est que maintenant que je me rends compte que j'en ai des haut-le-cœur. Je me demande s'il y a d'autres choses qui ont changé chez moi...

Il donne notre adresse au chauffeur, et durant tout le trajet qui me paraît interminable, je m'astreins à fixer les immenses gratte-ciel sombres de New York qui s'étendent derrière la vitre constellée de gouttes d'eau, tandis que mon compagnon garde le nez vissé sur l'écran de son téléphone.

Lorsque la clé tourne dans la serrure de la porte de notre appartement, une chape de plomb s'abat sur moi, comme si je portais le poids du monde sur mes épaules. Et quand je pénètre dans l'entrée, c'est mon estomac qui se transforme en un bloc de béton. J'ai pris une décision dans ce bungalow bâti au cœur des Caraïbes, et mon corps semble vouloir me faire comprendre que j'ai chié dans la colle.

Sans blague.

Mais avec Tyler, je sais à quoi m'attendre, et comme il me l'a stipulé, je ne peux pas balayer d'un revers de main les trois années que nous avons passées ensemble.

Toujours sans piper mot, je lâche un de mes sacs sur le sol, puis me dirige sans attendre vers la chambre. Revenir ici après tout ce qui s'est passé ces derniers jours, c'est... étrange. Pourtant, la pièce est identique à mes souvenirs, les murs ainsi que les meubles forment toujours ce camaïeu beige que j'affectionne tant, ma coiffeuse est à sa place, croulant toujours sous une ribambelle de bijoux et d'accessoires fantaisies, et les draps du lit sont seulement défaits de mon côté, comme la dernière fois que je les ai quittés. En réalité, l'unique chose qui ne paraît pas à sa place ici, c'est moi.

J'ôte mes vêtements trempés, les laisse choir sur la

moquette, puis fouille ma commode pour en extirper des secs quand une paume se pose sur ma taille. Je sursaute en sentant la main de Tyler se promener sur la peau nue de mon ventre, et son torse se coller contre mon dos.

Une myriade de frissons parcourent mon corps, mais aucun d'eux ne trahit une quelconque excitation de ma part. Je me retourne alors brusquement, maintiens mon tee-shirt contre ma poitrine afin de dissimuler mon soutien-gorge. Cependant, Tyler ne s'écarte pas, au contraire. Ses doigts migrent vers ma joue, se faufilent derrière ma nuque afin de l'y emprisonner.

– Tu m'as tellement manqué, Blake, murmure-t-il sur mes lèvres.

– J'aurais préféré que tu me dises ce genre de choses avant.

Son visage se pare d'un sourire charmeur.

– J'suis con, il m'a fallu te perdre pour en prendre conscience. Et pour te voir telle que tu es vraiment.

Sa main m'empoigne soudain la fesse avec force pour me presser davantage contre lui, et je ne peux pas ignorer son désir qui enfle contre ma cuisse. Avant notre mariage, raté cela va de soi, Tyler ne me touchait plus depuis des semaines, et le voilà sur le point de me sauter dessus ? Ou de me sauter tout court.

– Qu'est-ce qui te prend, Ty ? soufflé-je en gigotant pour essayer de m'écarter de lui.

– Je veux juste rattraper le temps perdu, répond-il en glissant sa main sous le tissu de ma culotte.

Je me raidis d'emblée, au bord du malaise. Néanmoins, j'ai tout de même la présence d'esprit de tourner la tête à la seconde où ses lèvres s'apprêtent à rencontrer les miennes. Je plaque mes paumes sur ses pectoraux, le repousse avec fermeté tout en y insufflant un peu de douceur pour ne pas le froisser.

– Je… je suis désolée, Ty, bredouillé-je. Je ne suis pas encore prête.

Son sourire se fane, le bleu de ses iris devient si glacial que les poils se dressent sur mon épiderme. Je crains qu'il ne tente de nouveau de m'embrasser, mais à la place, il décide de me relâcher, et j'en soupire de soulagement. Du moins, jusqu'à ce qu'il me retienne par le poignet.

– Où est ta bague ? s'enquiert-il d'une voix plate, dénuée d'émotions, en examinant ma main gauche.

Sa question me décontenance, et ce n'est que lorsque mon regard se pose sur mon annulaire que je comprends qu'il parle de la bague de fiançailles. Bague que j'ai balancée de mon plein gré afin de prouver à Hayden que je ne l'utilisais pas pour oublier Tyler.

Je déglutis difficilement avant de déclarer sur un ton que je souhaite le plus assuré possible :

– Je l'ai égarée.

– C'est ma mère qui va être ravie, rétorque-t-il, railleur.

– À d'autres, ta mère n'a jamais pu me blairer, jamais elle ne t'aurait donné sa bague pour que tu me l'offres.

Je me souviens encore du jour où j'ai rencontré madame Lancaster. Nous avions été invités à dîner, car ses parents mourraaiieennt d'envie de connaître la femme qui partageait la vie de Tyler, et notre charmante hôtesse n'a eu de cesse de me gratifier de remarques désobligeantes empreintes d'une condescendance non dissimulée. Je n'étais pas assez bien pour son fils unique, et je suis persuadée qu'elle a frôlé l'infarctus lorsqu'il a annoncé nos fiançailles. Alors obtenir autre chose d'elle que du mépris est tout bonnement invraisemblable.

Il m'adresse un sourire entendu, conscient que je ne suis pas dupe.

– Peu importe, je t'en rachèterai une, affirme-t-il en laissant tomber ma main dans le vide.

Hein ?

– Ce n'est pas utile, répliqué-je précipitamment.

– Bien sûr que si, je n'imagine pas ma fiancée sans un diamant autour du doigt.

Sur ces mots, il me dépose un baiser sur le front, et quitte la pièce en m'accordant un dernier coup d'œil lourd de sens. Je tressaille quand la porte claque, et l'impression d'être prise au piège dans une cage dorée s'empare soudain de moi.

J'ai profité de ma solitude momentanée afin de prendre une douche chaude et passer des habits secs avant d'attacher mes cheveux. Le reflet que me renvoie le miroir n'est pas glorieux. Les cernes violacés qui ont élu domicile sous mes yeux assombrissent le mordoré de mes iris, rendant mon regard éteint, et ma peau a perdu son éclat doré et semble terne. Décidément, le retour à la réalité, et à ma vie, ne me réussit pas.

Je récupère mon téléphone resté sur le lit, efface les appels en absence de Hayden ainsi que ses messages, mon cœur se comprimant toujours davantage à chaque notification que je supprime. Et pourtant, je reste là, à scruter l'écran, foutrement indécise. Et si…

Non, Blake, ton cœur est trop fragile pour lui permettre de jouer avec.

Le bruit strident de la sonnette qui retentit m'extirpe de mes pensées qui divaguaient vers un homme que je dois m'efforcer d'oublier. Je sors de la chambre, me précipite vers l'entrée avant que le forcené qui s'acharne sur la porte la défonce.

Je me demande qui peut bien s'acharner de la sorte. Certes, avant de filer sous la douche, j'ai pris la peine de commander une pizza que j'ai hâte d'ingurgiter pour combler mon mal-être, puisque contrairement à d'autres qui noient leur chagrin dans l'alcool, mon truc à moi, c'est la malbouffe, mais croyez-moi, aucun livreur n'est aussi rapide.

J'ai à peine le temps de faire coulisser le loquet que la porte s'ouvre à la volée sur une Tia survoltée. Je n'ai pas le loisir de m'écarter de l'embrasure qu'elle me saute dans les bras, manquant de nous déséquilibrer toutes les deux.

– Blake, chérie ! s'exclame-t-elle d'une voix si stridente qu'elle m'en vrille les tympans. Mais pourquoi tu ne m'as pas envoyé ton heure d'arrivée par texto, bon sang ?! Je serais venue te chercher à l'aéroport !

– Et tu m'aurais ramenée dans ton bolide imaginaire, c'est ça ? ironisé-je.

Je me détache de cette sangsue, et la détaille de la tête aux pieds avec tout l'émerveillement qu'elle m'inspire. Tia est magnifique, le genre de beauté indomptable qui a le don de rendre fade n'importe quelle femme qui aurait l'audace de se tenir à ses côtés, et la plupart du temps, le faire-valoir de service, c'est moi. Mais je m'en fiche comme de ma première dent de lait. Tia est ma meilleure amie, et je suis si heureuse de la trouver sur le pas de ma porte que mon cœur en palpite de bonheur.

– Très drôle, Blake, je constate que tu n'as pas perdu ton sens de l'humour… particulier. OK, je n'ai pas de voiture, je te le concède. Et on aurait fait le trajet en taxi, mais au moins tu n'aurais pas été seule. Ça va ?

Dès que je la laisse pénétrer à l'intérieur, elle me tâte sous toutes les coutures afin de vérifier que je suis en un seul morceau, et je me retiens de rire devant son examen minutieux de ma petite personne quand elle s'immobilise soudain, le regard vrillé sur un point par-dessus mon épaule.

– Bordel, mais qu'est-ce qu'il fout là, lui ?! fulmine-t-elle.

L'expression peu amène qu'elle affiche ne signifie qu'une

seule chose : que Tyler se tient dans la même pièce qu'elle. Tia ne l'a jamais porté dans son cœur, ce qui est un euphémisme je vous assure, et c'est bien pour cette raison que j'ai occulté certains… détails de l'histoire.

– Heureux de te voir également, Tia, persifle Tyler. En fait, non, rien qu'en voyant ta tronche, ça me file de l'urticaire.

Cette dernière lui adresse une grimace puérile qui déforme son beau visage. Je soupire, me préparant mentalement à servir de tampon entre ces deux fortes têtes.

– J'aurais vraiment adoré papoter avec toi, Tia, renchérit-il, mais tu n'auras pas le plaisir de profiter de mon incroyable compagnie. Je dois passer au bureau, ajoute-t-il à mon égard, je ne serai pas long.

Il m'embrasse sur la commissure des lèvres avant de s'emparer d'un blouson léger et de claquer la porte derrière lui.

Lorsque je reporte mon attention sur ma meilleure amie, son air furax me souffle que je ne vais pas m'en tirer comme ça, tout comme le ton hostile qu'elle emploie :

– Tu n'as pas quelque chose à me dire ?

– Merde, Blake, mais comment t'as pu faire un truc pareil ?! me morigène Tia.

Elle saisit une part de pizza entreposée sur le carton disposé entre nous sur le canapé, mord à pleines dents dedans avant de recracher le tout sans une once d'élégance.

– Pouah, s'exclame-t-elle, écœurée, comment tu peux avaler ça ? L'ananas, c'est en rondelle dans les cocktails, pas sur une putain de pizza !

– Personne ne te force à en manger, que je sache.

En guise de réponse, elle me tire la langue, puis repose son morceau avant d'avaler une grande rasade de soda light. La pizza hawaïenne est clairement sous-cotée si vous voulez mon avis.

– Bon, tu vas enfin t'expliquer sur la raison de la présence de l'autre enfoiré chez toi ? Je t'assure qu'en termes de connerie, là on atteint un niveau stratosphérique.

Je lève les yeux au ciel, dépitée par tant d'exagération.

– Tyler est un choix logique, Tia, énoncé-je, lasse.

Elle secoue vivement la tête.

– Tyler est un connard, rectifie mon amie. J'ai besoin de te rappeler qu'il a transformé le jour censé être le plus beau de ton existence en un foutu cauchemar ?

– Il s'est excusé. Il m'a promis de nous offrir une belle vie.

– Une belle vie ? Mais bordel, Blake, tu n'as que 23 ans ! On croirait entendre une ménagère de la cinquantaine ! Dis-moi que tu as d'autres aspirations que de vivre une petite vie tranquille avec cet abruti ! s'énerve-t-elle.

Je pose ma part, expire longuement.

– Ma carrière ne durera pas éternellement, je ne dispose pas de ta notoriété ! Dès que mes fesses seront aussi fripées que la peau d'une orange, ce sera terminé pour moi. Tyler va passer associé au sein de son cabinet d'avocats, je sais à quoi m'attendre avec lui et…

Ma meilleure amie me dévisage, son air furieux imprégnant toujours ses traits.

– Et quoi ? Sérieux, Blake, arrête. T'es malheureuse avec ce mec, je n'aurais jamais dû le laisser te convaincre de te fiancer.

– Je ne suis pas malheureuse, rétorqué-je avec toute la conviction possible.

– Ah ouais ? C'est fou ce que tu respires le bonheur ! raille-t-elle. Et Hayden dans tout ça ?

Je me fige en entendant le nom de Hayden.

– Hayden ? répété-je, la gorge serrée.

– Si t'étais si heureuse avec l'autre crétin, pourquoi as-tu accepté que Hayden t'accompagne aux Bahamas ? Et plus important encore, pourquoi est-ce que tu as couché avec ? Et pas juste une fois !

Je soupire, fatiguée par cette conversation qui ne fait pourtant que commencer.

– Tia...

– J'essaye de t'ouvrir les yeux ! Tu n'aurais pas craqué pour Hayden si facilement si tu aimais vraiment Tyler.

– Je n'ai pas craqué pour Hayden, objecté-je, butée.

Tia m'observe, les lèvres pincées, ses iris d'un vert intense teintés d'une profonde exaspération.

– Ouais. T'as retrouvé ta vie, ton... mec, et pourtant, je ne t'ai jamais vue aussi triste. Je regrette vraiment que Hayden soit un con, Blake. Tu mérites quelqu'un de bien.

Les jours passent, inéluctablement, sans que je parvienne à combler le trou qui se creuse dans ma poitrine et qui s'élargit toujours davantage. Plus le temps s'écoule, et plus je suis convaincue que Tyler et moi sommes voués à l'échec. Je ne supporte plus qu'il me touche, ne serait-ce que pour un baiser ou même une caresse. C'est... viscéral. D'autant que lorsque la nuit vient, lorsque je ferme les yeux, je rêve que ce sont les mains d'un autre qui parcourent mon corps.

J'ai beau tout mettre en œuvre pour l'oublier, ignorer chacun de ses appels, je n'y parviens pas. Je dois me rendre à l'évidence : j'ai ce mec dans la peau, incrusté jusqu'aux os.

Je te déteste, Hayden Johnson.

– Putain, Blake, je commence à en avoir ras-le-cul de ta tronche de six pieds de long ! Trois semaines. Tu es rentrée de ton voyage il y a trois semaines, et il est plus que temps que tu te reprennes ! beugle Tia en fouillant mon placard.

Je relève mollement la tête vers la furie qui envoie valser mes fringues à travers toute la chambre.

– Et qu'est-ce que tu proposes ? Une recette magique à partager ?

– Pas de recette magique, mais une sortie entre nanas, rétorque-t-elle en se tournant vers moi.

– Tia… Je ne suis pas d'humeur à sortir.

Je me renfrogne sur mon lit, tire les couvertures jusque sous mon menton, mais Tia me les arrache des mains aussitôt.

– J'ai promis à un de mes amis de le rejoindre à une expo photos ce soir, et tu vas m'accompagner.

– Et si j'ai pas envie d'y aller ?

– Je te chope par la peau de ton joli petit cul et je t'y traîne de force, réplique-t-elle, un sourire carnassier vissé sur les lèvres.

Mon petit doigt me dit qu'elle n'en démordra pas, alors j'abdique. Après tout, une sortie ne devrait pas me tuer, hein, même si me rendre dans un endroit qui me remémorera Hayden ne m'enchante pas.

– Dis, tenté-je en adoptant un ton dégagé, on pourrait aller au ciné, non ?

Tia cesse son inspection de ma garde-robe et se plante devant moi, les poings sur les hanches.

– Hors de question. Tu imagines si je devais éviter tous les endroits me rappelant tous les mecs avec lesquels je me suis envoyée en l'air ?

J'imagine, oui.

– Enfile ça, et après, je m'occupe de ton cas, poursuit-elle, autoritaire.

Je souffle de contrariété, mais lui obéis tout de même et m'extirpe à contrecœur de mon lit pour revêtir la tenue qu'elle m'a choisie.

Je me dandine sur mes talons, tire sur le tissu de ma robe afin de le descendre au maximum sur mes cuisses nues.

– J'avais besoin d'être aussi sexy pour une simple expo ? grogné-je.

– Oh oui ! Estime-toi heureuse que je n'ai pas foutu tes joggings dégueulasses trois fois trop grands pour toi à la poubelle.

Sa mine horrifiée m'arrache un rire, qui se fane sitôt que la porte de l'appart s'ouvre sur Tyler qui rentre du travail, vêtu de son costume noir sur mesure et sa pochette à la main. Son regard s'attarde sur chaque partie de mon corps, notamment sur mon décolleté.

– J'ai cru que tu t'étais habillée pour moi, mon cœur, lance-t-il en lâchant sa sacoche près du portemanteau. Mais puisque celle-ci est là, je suppose que ce n'est pas le cas.

Il foudroie Tia des yeux, qui le lui rend bien.

– Raté, répond mon amie, narquoise. Si tu permets, on nous attend.

Elle effectue un pas en avant, mais Tyler plaque son bras contre le montant pour lui barrer la route.

– Tu l'emmènes où comme ça ? la questionne-t-il, les mâchoires serrées.

Elle lève les yeux au ciel.

– À une exposition de photographies, satisfait ? Tu penses être en mesure de survivre quelques heures sans elle ?

La voix de Tia dégouline d'un sarcasme qui n'échappe pas à Tyler. Il esquisse un sourire qui sonne atrocement faux.

– C'est au-dessus de mes forces, assure-t-il sur un ton identique. D'ailleurs, une petite escapade me fera le plus grand bien après cette longue journée de boulot.

Mon corps se tend, une certaine anxiété s'empare de moi.

La combinaison Tia + Tyler est capable de déclencher l'apocalypse, et la soirée risque de vite virer au cauchemar.

– Ty…, commencé-je pour tenter de désamorcer cette situation explosive.

– Qu'est-ce qu'il y a, Blake, tu ne veux pas de moi ?

– OK, cède Tia avant que je ne réponde, viens si tu le souhaites. Mais je peux t'assurer que tu vas regretter d'y avoir mis les pieds.

Sur ces paroles sibyllines, Tia nous embarque à sa suite, et à cette seconde précise, ma foutue intuition se manifeste, et me hurle que cette soirée risque d'être une belle soirée de merde.

19

Hayden

Depuis plus d'une heure, je suis envahi par le stress et je ne cesse de parcourir l'exposition pour vérifier que tout est parfait. Les photos sont sublimes et le visage de Blake irradie chacune d'entre elles. Les pointes dorées de ses iris ressortent davantage sur certaines, lui conférant une aura de déesse venue d'un autre monde. À chaque coup d'œil sur les images, mon cœur se serre d'amertume. J'espère que Tia acceptera d'emmener Blake ici, sans quoi tous mes efforts seront vains et le vernissage n'aura servi à rien.

La structure de l'exposition est particulièrement réussie : un labyrinthe de panneaux suspendus au milieu de la galerie, qui oblige les visiteurs à suivre un parcours précis plutôt que de tout voir d'un coup. Cette disposition m'évitera de tomber nez à nez avec Blake qui se rendra compte que c'est moi l'artiste qui expose au moment où elle découvrira ses portraits ainsi que les paysages envoûtants des Bahamas qui ornent tous les murs.

À travers ces photos, je mets mon cœur à nu, exprimant tout l'amour que j'éprouve pour elle et la façon dont je la perçois.

Si même en les découvrant, Blake ne parvient pas à ressentir tout cela, cela signifiera que tout ce que nous avons vécu ensemble aux Bahamas n'était qu'une illusion, un moyen de fuir sa peine, voire une vengeance envers cet égoïste de Tyler. Partir en lune de miel avec l'ami de son ex-fiancé et coucher avec lui : quoi de mieux pour lui faire payer ?

Pourquoi penser à ça maintenant ? Inutile de s'embrouiller davantage l'esprit avec ces conneries. Je dois lui prouver ma sincérité afin qu'elle oublie cette putain de vidéo qui reflète le connard que j'étais avec elle, la seule facette de ma personnalité qu'elle connaisse en réalité. Elle a à peine eu le temps de découvrir l'homme que je suis réellement, celui qui est fou d'elle et de son caractère vif, celui qui ferait tout pour la voir sourire et la rendre heureuse. À présent, je dois la convaincre de me donner une seconde chance.

J'ai misé sur une tenue soignée pour cette occasion, en portant un pantalon de costume noir et une chemise gris anthracite qui mettent en valeur ma musculature. Si je veux espérer récupérer Blake, autant mettre toutes les chances de mon côté.

Je finalise les derniers détails avec les organisateurs de la soirée et Linda, la propriétaire de la galerie, qui ne tarissent pas d'éloges sur mon travail. Leur fierté et leur enthousiasme pour mon travail sont palpables, et cela me donne l'espoir que de nouvelles opportunités s'ouvrent à moi après ce vernissage. Finalement, tout n'est peut-être pas perdu.

Tout le monde s'agite dans la salle pour mettre en place les derniers préparatifs. Le traiteur vient de livrer les petits fours que les serveurs installent sur les nombreux mange-debout installés dans toute la salle. Quelques-uns s'activent déjà à remplir les coupes de champagne pour que tout soit prêt pour l'arrivée de nos invités qui ne devraient plus tarder. Tout est en place pour que cet événement soit un succès. Malgré le stress qui monte, j'ai hâte de partager mes œuvres avec le public, et surtout avec elle. Je suis impatient de la revoir enfin et de lui prouver combien elle compte pour moi à travers ces clichés.

La soirée bat son plein. De nombreuses personnalités du milieu de l'art ont fait le déplacement pour assister à ma première exposition, ainsi que mes collaborateurs et amis. Tous sont présents, ou presque. Malheureusement, la seule personne qui manque à l'appel est celle qui compte le plus à mes yeux. Je ne peux m'empêcher de jeter des coups d'œil réguliers à ma montre et vers l'entrée de la galerie, guettant l'arrivée de Blake. Je vérifie mon téléphone pour la centième fois au moins, espérant un message de Tia qui n'est toujours pas là, elle non plus.

Putain, elles vont me rendre dingue !

Linda me fait signe de la rejoindre devant l'un de mes portraits préférés. Je m'approche d'elle avec un sourire, heureux de constater que mes œuvres attirent l'attention. Un homme se tient à côté d'elle, les yeux fixés sur le cadre en question. Linda me présente à lui et me glisse discrètement que c'est un critique d'art réputé. Je suis flatté et honoré de discuter avec lui de ma technique et de mes inspirations.

Tandis que nous parlons, je sens une certaine agitation autour de moi et je distingue Tia au loin, poussant les invités pour se frayer un chemin dans ma direction. Mon cœur palpite d'excitation en constatant qu'elle a finalement accepté de venir, toutefois, une boule se forme dans ma gorge en réalisant qu'elle est seule, sans Blake à ses côtés. Le stress m'envahit alors que je me dirige vers elle après m'être excusé auprès du critique.

– Hayden ! J'te cherche partout depuis tout à l'heure ! crie-t-elle sur un ton urgent.

– Elle n'est pas là, c'est ça ? demandé-je, inquiet.

– Mais si, sombre idiot ! Sauf qu'elle n'est pas seule, je voulais te prévenir avant que ce vernissage ne se transforme en ring de boxe, m'explique-t-elle en grimaçant.

Je fronce les sourcils.

– Comment, ça, pas seule ?

– Tyler s'est incrusté ! Je voulais au moins t'avertir, soupire-t-elle.

Quoi ? J'aurais pu difficilement imaginer pire comme situation.

– Putain, mais il ne lâche jamais l'affaire ! grondé-je. Et comment elle a réagi en voyant les photos ?!

– Ça, je te laisse le découvrir par toi-même ! lance-t-elle avec une pointe d'ironie avant de s'éloigner précipitamment pour rejoindre Blake et Tyler dans la foule.

Je me faufile discrètement vers l'entrée, en prenant garde de me cacher derrière les panneaux pour l'observer sans qu'elle se doute de quoi que ce soit. Et là, je l'aperçois, plus resplendissante que jamais dans une robe qui souligne gracieusement sa silhouette. Je la contemple avec admiration, m'imprégnant de son image qui m'avait cruellement manquée. En la regardant, je ressens une douce euphorie qui remplit le vide qui m'oppressait depuis des semaines. Sa simple présence dans la même pièce que moi me procure une bouffée d'air frais, comme si elle était l'oxygène qui me faisait cruellement défaut pour respirer. Mon cœur bat la chamade alors que j'attends anxieusement sa réaction.

Elle examine tous les clichés avec intérêt, prenant un instant pour en apprécier chaque particularité. Son expression est sérieuse et concentrée, mais son visage trahit une certaine émotion. Devant chaque portrait, elle s'arrête et l'observe longuement, comme si elle cherchait à en percer les secrets les plus intimes.

Au fur et à mesure de la visite, un léger sourire se dessine sur ses lèvres et ses yeux s'illuminent. Elle reste plus longtemps devant certains clichés, captivée par leur beauté ou leur mystère. Parfois, elle semble sur le point de fondre en larmes, comme si les photos évoquaient pour elle des souvenirs intenses et émouvants. Mais malgré tout, elle ne se détourne jamais des photographies, comme si elle voulait en saisir toute la portée.

Et soudain, elle s'arrête face à l'une d'elle, la contemplant avec une attention particulière. Ses pupilles s'attardent sur le seul cliché où nous sommes tous les deux, nos sourires et nos regards complices transperçant l'objectif, le seul témoin de ce lien indéfectible qui nous attache désormais l'un à l'autre.

Tandis qu'elle en scrute les moindres détails, le temps semble s'être suspendu. Je me demande ce qu'elle éprouve à cet instant précis, devant cette photographie qui paraît la fasciner. Cette image cristallise notre histoire, notre amitié et bien plus encore. Plusieurs visiteurs la fixent avec intérêt, d'autres ont l'air de reconnaître ma muse sur les clichés de l'expo lorsqu'ils la pointent du doigt. Ce n'est qu'à ce moment que je remarque Tyler s'approcher de Blake, une coupe de champagne à la main, son visage crispé par une expression de dégoût. D'un geste possessif, il enlace les épaules de Blake comme s'il souhaitait marquer son territoire. Cette scène me transperce tel un coup de poignard en plein cœur. J'ai besoin de parler à Blake, mais avec Tyler collé à son cul, cela s'annonce compliqué.

Tout en évitant de me faire griller, je me dirige vers l'un de mes potes en espérant qu'il pourra tenir Tyler éloigné le temps nécessaire afin que je m'approche de Blake en toute quiétude. Au bout de longues minutes qui me paraissent interminables, Tyler se décide enfin à lâcher ma furie pour rejoindre notre groupe d'amis avec lesquels il a l'habitude de sortir, me laissant le champ libre pour rejoindre ma belle. Je me glisse silencieusement entre les panneaux et me retrouve derrière Blake qui n'a pas encore décelé ma présence, l'effleurant légèrement.

Tout en me penchant au-dessus de son épaule, je lui susurre à l'oreille :

– J'espère que l'expo te plaît.

Elle sursaute de surprise, se retourne brusquement et me fixe de ses yeux incandescents, exprimant tout un tas de sentiments que je ne parviens pas à déchiffrer.

– Hayden..., murmure-t-elle, son regard détaillant mon visage comme si elle me découvrait pour la première fois. Qu'est-ce que ça signifie, tout ça ? Ces photos de moi, de notre voyage...

Je soupire et lui demande, agacé :

– Tu ne comprends toujours pas ?!

Je ne lui laisse pas le temps de répondre et l'attrape par la main pour l'entraîner vers le fond de la galerie. J'ouvre le petit bureau de Linda et m'engouffre avec Blake à ma suite pour nous isoler.

Dès que je referme la porte derrière elle, je la pousse contre celle-ci, plaquant mes mains de chaque côté de son visage. Nos corps se frôlent, nos respirations deviennent chaotiques, créant une atmosphère chargée de tension.

– Putain, Blake, tu me rends barge ! Tu ne saisis pas ? Je voulais te prouver que ce que nous avons vécu aux Bahamas, c'était loin d'être une distraction pour moi ! Je te désire d'une force que tu n'imagines même pas ! Je suis devenu accro à ta peau, à ton odeur, à ton putain d'humour de merde, à ta répartie cinglante. Ouais, je sais, je suis complètement fou, oui, fou de toi, Blake ! Ces putains de photos reflètent tout ce que je ressens pour toi, alors comment tu peux encore douter de moi, de mes sentiments à ton égard ?! lâché-je à bout de souffle.

Blake reste tétanisée, ses yeux emplis de larmes prêtes à se déverser.

– Je ne peux pas, Hayden, je suis avec Tyler, souffle-t-elle, résignée.

Ses paroles exhalent la capitulation. La Blake combative et singulière a disparu au profit de celle, anéantie et perdue, enlisée dans sa relation avec Tyler. Abasourdi par la nouvelle, je ne peux m'empêcher de l'interpeller sur ce fait :

– Tu es retournée avec ce connard qui n'a pas trouvé mieux que de te planter au pied de l'autel le jour de votre mariage ? hurlé-je, hors de moi. Il t'a expliqué pourquoi au moins ? Et moi dans tout ça ? Tu m'as déjà oublié ? Dis-moi que tu ne penses pas à moi depuis qu'on s'est quittés, jure-moi que tu ne rêves pas que ce soit moi qui t'enlace à la place de Tyler, putain, dis-le-moi et j'te promets que j'te fous la paix !

– Je ne peux pas, Hayden, répète Blake d'une voix tremblante.

– Embrasse-moi ! Embrasse-moi et affirme-moi que tu n'éprouves rien !

– Hayd, non…

– Tu me le dois Blake. Rappelle-toi, ce jour-là, sur l'île aux cochons, tu m'as promis tout ce que je voulais. Alors, je te le demande maintenant : embrasse-moi.

Blake semble vouloir lutter de toutes ses forces, comme si elle avait peur de découvrir la vérité, celle qu'elle s'évertue d'étouffer.

– S'il te plaît, juste un baiser, chuchoté-je sur ses lèvres à proximité et son souffle sur ma bouche.

Elle arrête de respirer quelques secondes et se fige contre

moi. Sa poitrine se soulève plus rapidement et le mordoré de ses yeux vire en un éclat étincelant, telle de la lave en fusion. J'y décèle de la confusion et ses longues secondes d'hésitation me paraissent interminables.

Soudain, ses bras s'enroulent autour de moi avec une lenteur presque hypnotique, et enfin, sa bouche se scelle à la mienne avec tendresse et délicatesse. Mais sa passion s'embrase subitement et tout en geignant, ses lèvres s'entrouvrent pour me capturer la langue et me dévorer avec ardeur. Je suis envahi par une fièvre brûlante alors qu'elle se frotte énergiquement contre moi, excitant mon membre qui pulse de plaisir. Je la soulève pour avoir accès à ses magnifiques fesses que je malaxe avec frénésie, tout en l'emportant loin de la porte. Nous haletons et gémissons de plaisir, notre étreinte culminant à des sommets d'intensité. Blake est en feu sous mes caresses et m'implore de la toucher davantage.

Ma bouche explore son cou, mes dents la mordillent en y laissant les marques de mon exaltation, je lèche sa peau en longeant sa clavicule jusqu'à son épaule, alors que mes mains explorent son corps. Mes lèvres descendent vers son décolleté où mon nez plonge entre ses deux globes moelleux que je hume comme un camé en manque de sa dose. Et, je ne peux m'empêcher de mordre ses tétons à travers le fin tissu de sa robe, lui arrachant des geignements d'ivresse. Je l'allonge avec force sur le bureau, nos corps enflammés par une excitation dévorante. Je suis submergé par cette ardeur alors que Blake se colle à moi, son corps ondulant avec grâce.

– Putain, Blake… j'ai tellement envie de toi, si tu savais, grogné-je contre ses seins, incapable de me contrôler.

– Tais-toi et embrasse-moi, exige-t-elle dans un frémissement qui me fait perdre toute notion de temps et d'espace.

Sa voix est rauque, chargée de désir, et je me sens attiré comme un aimant par sa bouche pulpeuse. Mes lèvres fusent sur les siennes et nos langues se mêlent. Nos corps se pressent l'un contre l'autre, nos souffles chauds se mélangent dans un tourbillon passionné. C'est comme si nous étions seuls au monde. Submergés par cette frénésie, nous ne remarquons pas immédiatement la porte qui s'ouvre brusquement sur une Linda décontenancée. Blake se redresse aussitôt, sur une pile de dossiers éparpillés, victimes de nos ébats torrides. Ses cheveux sont en bataille et sa robe est complètement relevée sur son ventre.

Quant à moi, je suis à moitié débraillé, la chemise quasiment ouverte, et nous n'en menons pas large face à la mine déconfite de la propriétaire des lieux.

– Hayden ! Mais qu'est-ce que…, bégaye Linda, choquée par la scène qui se déroule sous ses yeux.

Blake se détache de moi si rapidement que j'en suis presque sonné. Elle défroisse sa robe à la hâte et se précipite vers la sortie en lançant à Linda :

– Je… Je… Désolée, bredouille-t-elle, confuse, avant de s'enfuir.

Je me tourne vers Linda qui me fixe avec un regard sévère.

– Vous devriez être plus prudents, Hayden, me sermonne-t-elle. Ce n'est pas un endroit pour ça et c'est loin d'être professionnel.

Je ne sais plus où me foutre tellement j'ai honte, mais je n'oublie pas pour autant de courir après ma furie qui m'a laissé en plan, seul, avec une trique d'enfer.

J'ai juste le temps d'apercevoir Blake franchir la sortie de la galerie, Tyler sur ses talons.

Putain, fait chier !

Blake

Je ne cesse ma course que lorsque j'émerge à l'extérieur de la galerie. La brise fraîche de ce début de soirée me procure l'air dont j'avais désespérément besoin. Je bascule ma tête vers l'arrière, fixe le ciel d'ébène teinté des lueurs blafardes des réverbères. J'inspire puis expire plusieurs fois, sans parvenir à apaiser mon rythme cardiaque trop inégal.

Revoir Hayden… C'était… je ne sais pas. Ce dont je suis certaine, c'est que je ne m'attendais absolument pas à éprouver tous ces sentiments dans ses bras. À croire que le laps de temps durant lequel nous avons été séparés n'a absolument rien changé à ce que je ressens pour lui.

Je porte les doigts à mes lèvres gonflées, avec l'impression de percevoir encore celles de Hayden dessus.

« Embrasse-moi ! Embrasse-moi et affirme-moi que tu n'éprouves rien ! »

Dès qu'il a prononcé ces mots, j'étais foutue. Je n'aurais pas dû céder, je n'aurais pas dû l'embrasser, mais lorsqu'il me l'a demandé, presque exigé, j'ai longuement hésité avant de m'exécuter. Tout simplement parce que j'en mourrais d'envie, et je ne me souviens pas d'avoir autant désiré quelqu'un avant lui.

Je ferme les paupières, et aussitôt, son regard incandescent capable de me liquéfier en un battement de cils s'impose dans mon esprit, tout comme son corps dur et musclé se pressant contre le mien, et sa bouche heurtant la mienne, s'apprêtant à me dévorer…

– Blake !

Je tressaille violemment lorsqu'une voix d'homme beugle mon prénom. Je n'ai pas besoin de me retourner pour savoir à qui elle appartient : Tyler.

– Tu m'expliques ce bordel ? s'écrie-t-il de nouveau, furieux, en arrivant à ma hauteur.

Je pivote vers lui avec lenteur, ignorant les passants qui nous jettent des coups d'œil insistants, probablement interloqués par l'agressivité émanant de son timbre.

– Une exposition, répondé-je avec un calme olympien, m'étonnant moi-même.

– Arrête de te foutre de ma gueule, tu veux ? C'était quoi le but, m'humilier ?

– T'humilier ? répété-je sans comprendre.

– Toutes ces photos de toi prises par un mec qui n'est pas moi, tu ne crois pas que c'est humiliant pour moi ? Que je n'ai pas eu l'air du cocu de service devant tous mes potes, ce soir ? Alors quoi, Blake, tu m'as traîné ici pour pouvoir te venger, c'est ça ?

– Me venger ? m'exclamé-je, abasourdie. T'es complètement malade, Ty. Je te rappelle que c'est toi qui as insisté pour venir, bien que Tia a tenté de t'en dissuader.

Tyler s'approche, et dans la pénombre ambiante, l'expression peu amène qu'il affiche en devient presque menaçante.

– Ouais, parlons-en de cette conne. Je parie que la situation la fait carrément jubiler et qu'elle n'a pas hésité à te monter la tête, elle n'a jamais pu me blairer. Et toi, comme une belle petite idiote, tu as dû te laisser convaincre sans mal, hein ?

Outch. J'accuse le coup. Je me sens blessée, et je crois que s'il m'avait giflée, cela aurait eu exactement le même effet.

– Tu vas trop loin, Ty, grondé-je en essayant de dissimuler que ses paroles m'affectent.

– Ah ouais ? Alors dis-moi où t'étais passée, Blake ? Et ne t'avise pas de me mentir, je sais que tu étais avec *lui*.

Il place tant d'animosité dans ce simple mot qu'elle en devient tangible.

– Tu crois que je suis trop con pour ne pas m'être rendu compte de ce qu'il s'est tramé aux Bahamas ? Tu crois que parce que je n'ai rien dit, je ne sais pas qu'il t'a baisée ? Et là, regarde-toi…, poursuit-il en me détaillant de la tête aux pieds avec un mépris ostentatoire, je n'ai même pas besoin de te poser la moindre question pour deviner que tu lui as encore donné ton cul.

Je contracte les poings pour tenter de maîtriser la colère qui pointe en moi. Mes ongles s'enfoncent tant dans ma peau qu'ils m'écorchent la paume, mais cela ne suffit pas pour me calmer. Rien que de le voir, d'avoir son visage en face de moi, me file des envies de meurtre. Chaque mot sortant de sa bouche effrite l'image lisse qu'il s'est évertué de construire depuis trois ans pour laisser place à l'homme infect que sa belle gueule semblait dissimuler. Comment ai-je pu tomber amoureuse de cet homme ? Comment ai-je seulement pu lui accorder une seconde chance ?

– Je crois surtout que ce qui t'emmerde, c'est de t'apercevoir qu'un autre mec a été capable de t'évincer en l'espace de quelques jours à peine. Quand tu me regardes, je ne vois rien dans tes yeux, Ty, pas une once de sentiments, et je me demande comment je n'ai pas pu le remarquer avant. Hayden et toi êtes si différents que...

– La ferme, Blake, souffle-t-il en m'enserrant la mâchoire au creux de sa main, pas un mot de plus sur ce connard.

Je déglutis difficilement, mon pouls bat si fort dans mes veines que j'ai l'impression de ne plus entendre que le tempo de mon sang. Jamais Tyler ne s'était comporté de la sorte avec moi, et je déteste, autant que je crains, cette version de lui qui me fait face.

– D'accord, capitulé-je. Alors on peut peut-être discuter de la raison pour laquelle tu n'as pas jugé utile de me rejoindre à l'église ? Et s'il te plaît, ne me sors pas de bobards à la con cette fois, je mérite de connaître la vérité, pas que tu me resserves tes putains d'angoisses existentielles à deux balles.

Tyler m'avise une seconde, avant de me relâcher. Je masse mes joues endolories, puis recule de quelques pas.

– Très bien. Je t'ai plantée, car tout ça, c'est allé beaucoup trop loin, explique-t-il en haussant les épaules.

Je bats des paupières d'incompréhension.

– Tout ça ?

Un sourire mauvais éclot sur ses lèvres, le genre de sourire qui m'indique que je risque de ne pas apprécier ce qu'il compte me révéler.

– Tu veux la vérité, Blake, la voilà : nous deux, c'était du flan. Je connais Hayden depuis le lycée, et il y a toujours existé une sorte de rivalité entre nous, surtout en ce qui concerne les nanas. Ce petit con a toujours eu un certain succès auprès des femmes, et je dois l'avouer, plus que moi. Alors quand il m'a fait part qu'il en pinçait pour toi, je me suis dit que j'allais m'amuser à le faire chier en te draguant juste sous son nez, et devine quoi ? Tu m'es tombée directement dans les bras.

Je me sens mal. Plus les secondes s'écoulent et plus mon

ventre se tord. Ce n'est pas possible, n'est-ce pas ? Je n'ai pas pu être aussi stupide ?

– Nous deux… Ce n'était que pour emmerder Hayden ? le questionné-je, la gorge serrée.

– Bingo.

Je ferme les yeux un instant afin d'assimiler ses propos. Trois ans. Je lui ai donné trois ans de ma vie.

– Et tu as osé me demander en mariage, déclaré-je en ravalant les putains de larmes qui menacent de déborder de mes paupières.

– Je sentais que Hayden ne lâchait pas l'affaire, j'ai juste souhaité lui asséner le coup de grâce. Tu aurais vu sa tête quand je lui ai annoncé nos fiançailles, s'esclaffe-t-il comme s'il se remémorait un foutu bon souvenir.

Cette fois, j'en ai la nausée. J'ai le cœur au bord des lèvres.

– T'es un monstre, murmuré-je, toutefois assez fort pour couvrir le bruit de la circulation.

– La faute à qui, Blake ? Si tu n'étais pas si bêtement tombée amoureuse de moi, je n'aurais pas été en mesure de faire traîner les choses ainsi. Mais si ça peut te rassurer, je me suis attaché à toi. Assez pour mettre un terme à cette comédie au moment fatidique.

J'enroule mes bras autour de ma poitrine, comme pour empêcher mon cœur de se déliter. Prendre conscience que je ne suis qu'un dommage collatéral depuis tout ce temps me broie littéralement, au point que chacune de mes inspirations est douloureuse.

– Et pourtant, tu es revenu me chercher aux Bahamas, lâché-je sur un ton que je désire dégagé.

– Simplement parce que tu y étais avec Hayden. Tu avais raison, ce n'était qu'une question d'ego mal placé. Mais il devait s'enfoncer dans le crâne que jamais il ne t'aurait.

Nouveau coup de poignard en plein cœur. À aucun instant

je n'avais imaginé que Tyler soit capable de me faire autant de mal. J'expire longuement, refoule toute la souffrance que je ressens pour vriller un regard sur lui dénué de toute émotion. Je refuse de lui laisser entrevoir à quel point je suis blessée.

– Donc si je comprends bien, ces trois dernières années n'étaient qu'une vaste blague pour toi. Est-ce que tu te rends seulement compte que tu m'as volé trois ans de ma vie juste pour montrer à tous que c'est toi qui avais raflé la fille ? Pour une putain de rivalité ? Trois ans, Tyler, bordel ! Je n'avais rien demandé à personne ! m'emporté-je pourtant.

– Blake…, soupire-t-il en passant une main dans ses cheveux, visiblement lassé. On a passé de bons moments quand même tous les deux, tu ne peux pas le nier. Et puis, je suis un bon coup au lit, tu aurais pu tomber sur bien pire que moi, je t'assure. À un moment donné, j'ai cru que nous deux ça aurait pu fonctionner, mais… non. Bien que tu sois mignonne, et bien foutue, on ne va pas se mentir, je ne me voyais absolument pas finir mes jours avec toi.

Quelque chose d'humide dévale ma joue, et je m'empresse d'essuyer cette putain de larme qui a fini par m'échapper. J'ai mal, et je suis en colère. Si en colère… Je me sens tellement conne de m'être laissée berner de la sorte. Tyler a raison sur un point : je ne suis qu'une belle idiote.

Je me racle la gorge afin de m'éclaircir la voix, puis lâche, impitoyable :

– Eh bien, ça a le mérite d'être clair. Alors si tu le permets, je vais l'être tout autant : je veux que d'ici demain matin, tu aies viré ton cul et tes affaires de mon appart. Et surtout, prie pour ne plus jamais croiser mon chemin, sinon je te jure que dans le cas contraire, je n'hésiterai pas à te broyer les couilles.

Sur ces mots, j'effectue une prompte volte-face, m'éloigne dans la rue aussi vite que les talons de mes escarpins me l'y autorisent. Pas assez cependant, puisque je perçois encore sa voix s'élever :

– Blake, mon cœur, le prends pas comme ça !

Je stoppe net, et toujours dos à lui, je lève le bras pour lui adresser un putain de doigt d'honneur agrémenté d'un « Va te faire foutre, connard », avant de disparaître dans la nuit.

Je suis assise dans le couloir, seule, telle une âme en peine. Je ne pouvais décemment pas rentrer chez moi à moins de commettre un meurtre, alors je me suis rendue chez Tia. Le hic ? Elle n'est pas encore arrivée. Car oui, je me suis barrée de la soirée comme une furie sans même chercher à la prévenir, et en plus, je n'ai pas mon portable.

Je suis donc adossée contre le mur, à fixer le néon dont la lumière vacillante est à deux doigts de me filer une crise d'épilepsie.

– Blake, je me suis fait un sang d'encre ! braille Tia en déboulant de l'ascenseur. C'était trop te demander de répondre à ton putain de téléphone ou du moins, juste m'envoyer un message ?!

Elle accourt dans ma direction, s'accroupit aussitôt à mes côtés.

– Je t'ai cherchée partout ! poursuit-elle avec véhémence. J'ai même cru que l'autre enfoiré t'avait kidnappée ! Je ne te raconte pas la tronche qu'il a tirée en me voyant débarquer chez vous, prête à lui arracher les yeux. Et autre chose.

Je tourne mollement la tête vers elle, renifle sans aucune grâce en rétorquant :

– J'ai oublié mon téléphone à l'appart.

Tia ouvre la bouche pour répondre avant de la refermer aussi sec. Ses yeux examinent mes traits avec attention, une ride soucieuse se crée entre ses sourcils.

– Il t'a fait du mal ? demande-t-elle avec douceur.

J'ai chialé durant une bonne heure après m'être échouée sur le paillasson de ma meilleure amie, et nul besoin d'être extralucide pour comprendre que cela se devine sur mon visage.

J'acquiesce, mais prends toutefois la peine de préciser :

– J'ai le cœur en bouillie, mais il ne m'a pas touchée.

Tia soupire lourdement, passe un bras autour de mes épaules afin de m'aider à me relever. Elle sort des clés de son sac à main minuscule, déverrouille la porte.

– J'aurais dû le buter, réplique-t-elle en m'incitant à entrer dans l'appartement.

Son entêtement à vouloir le faire souffrir me tire un franc sourire. J'adore cette nana.

– Je n'en reviens pas qu'il ait osé te balancer toutes ces choses, s'indigne Tia en sirotant un mojito.

Recroquevillée dans son canapé moelleux, je hausse les épaules. Bien évidemment, je lui ai déballé la totalité de mon échange avec Tyler, mais là, tout de suite, je n'ai qu'une envie : oublier tout ce qui a eu le malheur de franchir la barrière de ses lèvres, et lui, tout simplement.

– Tu avais raison sur toute la ligne le concernant.

Elle esquisse une grimace et soupire :

– Je suis désolée que cela se soit terminé de cette manière, Blake.

– Qu'est-ce que tu veux, j'attire les connards, me lamenté-je en haussant les épaules.

Elle avale une gorgée de son cocktail maison, bien plus alcoolisé qu'il ne le devrait la connaissant, j'en suis certaine. Puis elle le pose sur la table basse en verre devant nous avant de m'aviser avec un air sérieux qui ne lui ressemble absolument pas.

– T'es sûre de ça ? s'enquiert-elle.

Je me mords la lèvre, saisissant d'emblée ce qu'elle sous-entend.

– Blake, reprend-elle, j'ai vu la vidéo de Hayden, mais j'ai aussi assisté à cette fichue expo. Et je t'assure que je suis carrément jalouse. C'est évident qu'il est raide dingue de toi, et je ne sais pas ce que je donnerais pour qu'un mec me regarde comme il te regarde toi. Tout le monde a droit à l'erreur, nan ?

Waouh, alors si je m'attendais à un tel revirement !

– Depuis quand tu es *team* Hayden ?

– Depuis que j'ai vu ton visage s'illuminer lorsqu'il t'a rejointe devant cette photo de vous deux. Je te connais par cœur, tu es amoureuse de lui, et il est amoureux de toi. Je n'ai jamais été hyper douée en arithmétique, mais aux dernières nouvelles, un plus un est toujours égal à deux, et je crois que tous les deux, vous formez une équation du tonnerre.

Une fois encore, Tia parvient à m'arracher un sourire. J'ignore si je suis amoureuse de Hayden. Tyler s'est tant foutu de ma gueule pendant trois ans que je suis incapable de déterminer ce qu'est réellement l'amour. Cet abruti a brisé quelque chose en moi, et je ne sais pas si je réussirai à en recoller les morceaux. Pourtant, j'éprouve le besoin d'être près de Hayden, de me lover dans ses bras, de sentir sa bouche sur la mienne.

– Va te reposer, Blake. Demain, tu auras les idées plus claires.

Elle se lève, me dépose un baiser sur le front avant de s'éclipser. Je l'imite et rejoins la chambre d'amis. Tia a entreposé sur le lit un tee-shirt ainsi qu'un short en guise de pyjama que je m'empresse d'enfiler après m'être débarrassée de ma robe.

Je suis trop crevée pour prendre une douche ou faire quoi que ce soit d'autre que de me glisser sous les draps. Pourtant, quand je ferme les yeux, les images de la soirée m'assaillent, et les visages de Tyler et de Hayden s'entrechoquent dans mon esprit. Comme si mon passé et mon futur entraient en collision. Le truc, c'est que je ne sais pas si mon cœur est assez fort pour supporter le merdier de ma vie sentimentale, ni même si je dois laisser une chance à l'avenir qui tente de se profiler.

21

Hayden

Des tambourinements frénétiques me tirent brusquement de mon sommeil. Pris de panique, je me redresse, la tête encore embrumée. Entre l'expo qui a fini tard, et ma confrontation stressante avec Linda afin de m'excuser de mille et une façons après notre rapprochement avec Blake, je n'ai quasiment pas dormi, une petite furie ayant monopolisé toutes mes pensées.

N'ayant aucune nouvelle d'elle depuis la veille, j'espère que c'est elle qui s'acharne sur ma porte ! Je jette un rapide coup d'œil à mon téléphone portable – six heures du matin, putain, c'est tôt –, enfile un bas de jogging et un tee-shirt quand la voix rauque de Tyler résonne au bout du couloir.

– Hayden ! Ouvre cette putain de porte ou je la défonce ! Je sais qu'elle est avec toi ! Arrête de déconner, et ouvre ! hurle-t-il sur le palier.

Je me raidis d'emblée. Mais c'est quoi ce bordel ? Putain,

qu'est-ce qui s'est passé hier soir ? Je suis pourtant persuadé qu'il ne nous a pas vus ensemble ?

Je me précipite vers l'entrée et me retrouve nez à nez avec un Tyler méconnaissable. Les yeux injectés de sang, les cheveux en pagaille, il porte les mêmes vêtements que lorsqu'il s'est pointé à l'expo, ce qui ne présage rien de bon.

– Putain, Tyler, t'as vu l'heure ! Tu vas réveiller tout l'immeuble à gueuler comme ça. Mec, tu devrais te calmer, lui recommandé-je sur un ton posé pour l'inciter à baisser le sien.

Cependant, Tyler ne semble pas prêt à m'écouter et poursuit tout aussi virulent :

– Où elle est ? grogne-t-il en me poussant pour forcer le passage vers le salon, me faisant reculer d'un pas.

Mon cœur bat la chamade et je retiens mon souffle, pris au dépourvu par son agressivité. Je fronce les sourcils, déconcerté. Pourquoi Tyler pense-t-il que Blake est avec moi ?

Sentant son haleine chargée de relents d'alcool, je devine qu'il n'est pas dans son état normal et qu'il a probablement trop bu. Je tente de garder mon calme, conscient que la situation peut rapidement dégénérer et le laisse fureter pour qu'il constate par lui-même que je suis seul. Il fouille frénétiquement la pièce, renversant des objets sur son passage.

– On peut savoir qui tu cherches ? demandé-je innocemment en essayant de rester imperturbable malgré l'atmosphère devenue électrique.

– À ton avis ! Je vais la trouver, je sais qu'elle est ici et que tu te tapes ma gonzesse ! balance-t-il, accusateur, sa colère palpable.

Il se rapproche de moi au plus près, collant presque son front au mien, le regard ulcéré comme s'il allait me démolir sur place. Je sens la tension monter d'un cran, mais je refuse de me laisser intimider. Je décide de prendre les choses en main pour éviter que la situation ne dégénère.

– Tyler, j'ignore de quoi tu parles, mais Blake n'est pas ici, et je n'ai aucune idée de ce qui se trame entre elle et toi. T'es complètement ivre, mec. Tu as besoin de décuver, et je ne vais pas rester les bras croisés à te regarder saccager mon appart, l'avertissé-je.

Tyler me pousse fort, et je recule jusqu'à ce que mon dos percute le mur. Son regard est empli de rage et son souffle alcoolisé imprègne mes narines tandis qu'il continue de m'accuser :

– Tu te fous de moi ! beugle-t-il, sa voix chargée d'une colère bouillonnante.

Tyler se rapproche de moi, son visage à quelques centimètres du mien et continue :

– Tu l'amènes en lune de miel aux Bahamas, malgré l'annulation de notre mariage, je te retrouve dans la même chambre qu'elle, avec l'air du mec qui vient de s'envoyer en l'air, et pour bien enfoncer le clou, tu l'invites à cette putain d'expo en montrant au monde entier que vous me l'avez fait à l'envers, et t'es au courant de rien ?!

– Je n'ai jamais nié qu'il s'était passé quelque chose entre Blake et moi, Tyler ! Je suis amoureux d'elle depuis le premier jour, mais ça tu le sais déjà ! C'est toi qui as merdé en la laissant en plan à ton mariage ! Alors pourquoi tu te mets dans cet état ?! Si jamais tu lui as fait quoi que ce soit…, le menacé-je.

– Elle m'a largué ! Mais tu ne l'auras pas ! Pas elle ! s'époumone-t-il.

Elle l'a largué… Même si ce n'est pas le moment, cette information me ravit. Mais l'expression haineuse de Tyler me ramène à l'instant présent.

– Mais putain, c'est quoi ton foutu problème, Tyler ?

Son visage est tendu, les muscles de sa mâchoire serrés, tandis qu'il s'esclaffe d'un rire cynique.

– C'est toi mon problème, ça a toujours été toi ! crache-t-il avec dédain, me fixant de ses iris brûlants. Le mec parfait, beau comme un dieu, le photographe charismatique qui attire toutes les femmes autour de lui ! J'tai toujours admiré, envié, j'étais sans cesse jaloux de toi !

Ses mots sont lourds de frustration, témoignant d'une rivalité longtemps contenue. Jamais je n'aurais pensé que Tyler m'enviait à ce point.

– Quand Blake n'a eu d'yeux que pour moi, reprend-il, j'ai voulu profiter de ces instants sans être l'éternel second. Te voir bouffé par la jalousie à chaque fois que je l'embrassais me faisait jubiler. Au départ, c'était juste pour me sentir meilleur que toi et au fil du temps, j'ai fini par m'attacher à elle. Le mariage, c'était la connerie de trop. Je ne pouvais pas lui faire ça, continuer à lui mentir. J'étais coincé dans un engrenage dont je ne savais plus comment sortir. Et quand j'ai appris que tu étais parti avec elle, je savais qu'elle ne te résisterait pas longtemps, toi qui obtiens constamment ce que tu convoites.

Il laisse échapper un soupir empreint de regrets. Ses propos sont teintés de culpabilité, révélant les conflits internes qui le rongent. Son regard se perd soudain dans le lointain, trahissant une certaine vulnérabilité avant qu'il ne la dissimule derrière un masque de colère et d'amertume.

– Mais elle, c'est ma victoire, celle qui t'est devenue inaccessible !

La façon dont il parle de Blake me révulse. Alors quoi ? Ce n'était qu'un jeu ? Qu'une compétition malsaine pour lui ?

– Putain, tu as osé te servir d'elle pour m'atteindre ? Mais t'es un grand malade ! J'ai compris à l'époque que tu l'avais draguée juste pour me faire chier, mais jamais je n'aurais pensé que tu ailles aussi loin dans ta folie ! Trois ans, Tyler ! Trois putains d'années à lui mentir ! Et moi, m'as-tu seulement considéré comme un ami depuis qu'on se connaît ? Quel pote est capable de faire ça par pure jalousie ? Alors quoi, je n'ai été qu'un concurrent pour toi, un putain de pion à abattre pour flatter davantage ton ego démesuré ?

– Non ! T'étais un frère pour moi ! Un modèle, même !

– Alors, je plains ta famille. Qui voudrait d'un frangin comme toi, prêt à manipuler son petit monde dans le seul but de les faire souffrir.

La situation semble sans issue, laissant entrevoir une amitié brisée par les ressentiments et la trahison.

– Je crois qu'il est temps que tu partes, Tyler. Que tu dégages de ma vie. Un ami, un vrai, n'aurait jamais agi de la sorte. Tu aurais dû me soutenir dans ce que j'entreprenais, être heureux pour moi… mais nan, tu as préféré te servir d'une nana exceptionnelle juste pour me blesser et nourrir ton besoin pervers de supériorité. Oublie-moi. Oublie Blake, et j'te préviens, approche-toi encore d'elle et j'te jure que je n'hésiterai pas à abîmer ta sale tronche de connard ! Maintenant barre-toi d'ici ! m'emporté-je.

Mon ton est sans appel. Cette fois, c'est lui qui a reculé pendant ma tirade, dominée par toute ma rage et ma déception. Je croyais le connaître, mais je me suis lourdement trompé. J'ai à présent devant moi un étranger, un mec démuni, rongé par la culpabilité et la convoitise. Et moi, j'ai perdu trois ans avec Blake, persuadé que la désirer était inacceptable, et que je n'étais pas un mec bien.

Ravagé par la fatigue et l'alcool, Tyler ne lutte plus et rend les armes. Le regard vide, il se retourne en silence et quitte mon appartement.

Je suis d'une humeur massacrante. Je ne parviens pas à

étouffer ma colère depuis la visite impromptue de Tyler. Tout vient de m'exploser à la gueule et je réalise seulement maintenant que j'ai été mené en bateau par le seul ami que je connais depuis aussi longtemps. Abattu, brisé, je ne parviens pas à me sortir cette altercation de la tête. Et Blake, connaît-elle la vérité ? Si oui, je n'ose imaginer comment elle se sent.

Je me précipite sur mon téléphone et essaye de la joindre, mais je tombe encore une fois sur son répondeur. Putain ! Et si elle allait mal, et s'il l'avait blessée ? Je me pose mille questions qui me retournent l'estomac. Je dois aller la voir, mais le bip strident de mon portable me rappelle que j'ai un shooting dans moins d'une heure. Et merde ! J'avais complètement oublié ce rendez-vous.

Mon esprit est en ébullition, tiraillé entre l'envie de courir voir Blake pour m'assurer qu'elle va bien et l'obligation de respecter mes engagements professionnels.

J'avise mon portable, hésitant, alors que le temps tourne inexorablement. Je réalise que je ne peux pas laisser mon travail en plan, même si Blake occupe toutes mes pensées en ce moment. Prenant une profonde inspiration pour calmer mes nerfs, je compose le numéro de Blake pour la dixième fois. J'obtiens toujours le même résultat : aucune réponse de sa part. Fait chier !

Je m'habille en quatrième vitesse pour éviter d'être encore plus en retard, récupère les clés de ma moto pour me rendre rapidement au studio photo et échapper aux embouteillages incessants de New York.

Je slalome entre les véhicules, prenant des risques inconsidérés, comme si l'adrénaline pouvait apaiser le mal-être qui me ronge depuis les aveux de Tyler et l'absence de nouvelles de Blake.

Enfin arrivé sur place, je me gare au pied de l'immeuble où l'équipe m'attend probablement depuis près d'un quart d'heure. J'appuie frénétiquement sur le bouton d'appel de l'ascenseur, persuadé que cela accélère sa descente, et m'engouffre dans la cabine dès que les portes s'ouvrent.

Je me recoiffe nerveusement devant le miroir qui reflète l'image d'un homme épuisé, au teint blafard malgré le hâle des Bahamas. Casque en main, je déboule comme un forcené dans le petit studio en jurant, mais je me fige à la vue de ma jolie brunette aux yeux mordorés. Son regard crépite et s'illumine lorsqu'il croise le mien. Cette journée pourrie pourrait finalement bien se terminer.

22

Blake

Le problème quand on ne dort pas durant une partie de la nuit ? C'est que lorsqu'on sombre enfin dans le sommeil, le temps paraît accélérer, et le réveil ressemble drôlement à celui qui suit une gueule de bois.

Je me retourne dans les draps, la tête en vrac et nauséeuse. J'ai pourtant à peine touché au champagne hier soir ! Mais les retrouvailles avec Hayden, ainsi que les paroles de Tyler, m'ont probablement plus chamboulée que je ne le pensais. Et c'est… étrange. Voilà que trois ans de relation ont pris fin d'une manière brutale, et bien que je devrais être anéantie, je suis plutôt… soulagée. Comme si ses propos avaient subitement déchiré le voile qui m'empêchait de le voir tel qu'il était réellement.

Malgré tout, j'ai l'esprit embrouillé, ou plutôt le cœur. Et je sais pertinemment qui est en la cause : Hayden.

Dès que je ferme les yeux, c'est son visage qui s'impose derrière mes paupières, dès que j'ai le malheur de m'effleurer, j'ai l'impression que ce sont ses mains qui parcourent mon corps, et je n'évoque pas mon rythme cardiaque qui s'emballe dès que mes pensées divaguent vers lui.

Tia a raison : je suis amoureuse, et j'aimerais foutrement bien savoir à quel moment cela s'est produit. En réalité, je suis d'une mauvaise foi effroyable. Je sais quand cela est arrivé, à la seconde où Hayden m'a embrassée dans cette grotte de Thunderball, quand j'ai entrevu la peur de me perdre dans son regard. Et je crois qu'il est plus que temps d'avouer à Hayden ce que je ressens pour lui.

Je balance mes jambes en dehors du lit, me redresse afin de me mettre sur pied. À peine frôlent-ils le sol que j'ai l'impression qu'il se dérobent sous moi, et je me rattrape tant bien que mal à la commode de bois clair qui me fait face.

Merde. J'ai la sensation d'être bourrée alors qu'avec le peu d'alcool qui imbibe mes veines, c'est littéralement impossible. Il va me falloir du café pour tenter de survivre à cette journée. Des litres de café.

Je me dirige vers la cuisine sur mes jambes flageolantes, oppressée par le tee-shirt trop étroit de Tia. Quand j'émerge dans la pièce, l'odeur écœurante de bacon grillé mêlée à celle d'œufs au plat me retourne l'estomac. Bordel. Mon amie n'est pas réputée pour être bonne cuisinière, mais quand même ! Elle va me tuer avec sa bouffe périmée.

– Enfin levée ? m'interroge-t-elle en guise de salutation.

Je grogne quelque chose d'inintelligible, trop barbouillée pour être en mesure d'émettre un quelconque autre son.

– Mange, t'as vraiment une tête de déterrée, poursuit-elle en poussant une assiette dans ma direction.

J'en fixe le contenu avec dégoût, fronce le nez à l'instant où les effluves envahissent mes narines et… Merde. Je m'éloigne brusquement de la table, rejoins à la hâte l'évier pour vomir le peu de contenu de mon estomac sous les protestations de Tia.

– Blake ! De bon matin, je t'assure que de te voir gerber à quelques centimètres de mon déjeuner, c'est dégueulasse !

J'ignore royalement son air répugné pour reprendre mon souffle, et me rince la bouche avec un fin filet d'eau que je recrache.

– C'est vrai que dégobiller mes tripes est mon passe-temps favori, ironisé-je.

Elle me tire la langue, manie que je déteste chez elle décidément, avant de s'approcher de moi et de me saisir les joues. Elle examine mon visage durant quelques secondes, puis lâche :

– T'as vraiment une sale mine, Blake. Il n'y a que toi pour choper la crève en plein été ! Tu arriveras à gérer tout à l'heure ?

– Tout à l'heure ? répété-je, surprise.

Tia secoue la tête, dépitée.

– Ton shooting photo, à 8h30, tu n'as pas oublié quand même ? Tu m'en as parlé hier ! Et si tu veux mon avis, tu ferais bien de te bouger si tu ne souhaites pas être en retard, ajoute-t-elle en jetant un œil sur l'écran de son téléphone.

Fait chier. Comme vous pouvez vous en douter, j'avais complètement zappé ce rendez-vous. Et je n'éprouve pas la moindre envie de m'y rendre, d'autant plus avec la tronche que je me paie.

– Je dois voir Hayden, rétorqué-je.

Je passe une main dans mes cheveux, lasse, puis m'empare d'une tasse dans l'un des placards que je remplis à ras bord d'un café brûlant. Je n'en mène pas large, mais je suis convaincue d'être tout de même capable d'ingurgiter ce breuvage conçu pour me maintenir éveillée toute la journée, ou quelques heures du moins, tout en me préparant. Néanmoins, je n'effectue que quelques pas que Tia me retient par le bras.

– Hop, hop, hop, tout doux papillon. Hayden ne va pas s'envoler, mais ta carrière, elle, pourrait partir en fumée. Alors tu prends une douche, car je t'adore, hein, mais tu ne sens pas la rose, chérie, tu te pointes à ton shooting, et après, insiste-t-elle sur ce mot, tu iras tripoter le beau gosse. Compris ?

Je soupire d'exaspération. Tia a raison, si je déconne maintenant et que je perds ce contrat, mon agent risque de me tuer et de me foutre au placard, car soyons réalistes, des paires de fesses ou de nichons, il y en a des milliards. La moitié de la planète pour être exact, et me remplacer sera un jeu d'enfant.

Alors je me résigne, acquiesce, avale mon café qui me crame la langue, avant de renifler mon aisselle.

Pouah. Effectivement, une douche ne sera pas superflue.

J'ai bien cru que nous n'arriverions jamais à destination. Le trafic new-yorkais est l'incarnation de l'enfer sur Terre, et si mon chauffeur n'était pas un as du volant, connaissant les moindres recoins de la ville comme sa poche, mon taxi serait resté bloqué dans les embouteillages et bonjour les ennuis.

Mais je suis dans ce foutu studio à faire le pied de grue puisque de toute évidence, le photographe chargé de la séance est en retard. C'est bien ma veine. Je ne pense qu'à une chose, rejoindre Hayden, et l'autre con n'est pas fichu de se pointer à l'heure ! D'autant que je ne suis pas à l'aise, presque à poil sous ce peignoir si fin qu'il en est quasiment transparent.

Soudain, un grincement provenant de la double porte attire mon attention. Je pivote aussitôt vers l'entrée et découvre un homme pénétrer à l'intérieur du studio.

Boum. Boum.

Mon cœur bat à une vitesse folle, et pour cause : le photographe n'est autre que Hayden. Un Hayden sexy en diable avec ses cheveux bruns ébouriffés, son regard lagon, et sa veste en cuir qui lui confère l'air d'un bad boy avec son casque de moto à la main.

Tiens, encore quelque chose que j'ignorais à son sujet, et je dois avouer que cela ajoute un plus non négligeable au sex-appeal naturel qu'il dégage.

Tandis qu'il avance vers nous, ses yeux semblent aimantés aux miens, son visage trahit une surprise identique à la mienne de le découvrir ici. Et lorsque ses pupilles balaient mon corps d'une façon des plus indécentes, la température de mon corps monte d'un cran, rendant le contact du peignoir presque insoutenable sur ma peau.

– Hayden Johnson, enfin tu daignes nous honorer de ta présence ! s'exclame une belle femme blonde élancée un chouia irritée.

Emily Ross est la créatrice de la marque pour laquelle je pose aujourd'hui, marque qui a pris une ampleur démesurée en peu de temps et ses sous-vêtements s'arrachent aux quatre coins du pays. Tia avait raison, louper ce shooting aurait été une putain d'erreur, d'autant que le hasard fait bien les choses : je désirais me précipiter chez Hayden, et le voilà en chair et en os devant moi. Non, en réalité, je suis persuadée que le hasard n'a rien à voir là-dedans. Nous deux, cela relève du destin, c'est une certitude.

– Salut, Emily, désolé pour le retard, s'excuse-t-il en esquissant un sourire contrit.

– Tu as de la chance d'être l'un des meilleurs, rétorque-t-elle. Allez, au boulot !

Elle tape dans ses mains, et toute l'équipe s'exécute. Je laisse glisser le tissu qui me recouvrait au sol afin que la maquilleuse effectue les dernières retouches sur mon corps, puisqu'on ne verra que certaines parties stratégiques de ma personne sur les magazines, puis je rejoins l'immense lit immaculé trônant au centre de la pièce sur lequel Hayden va me mitrailler.

Absorbé par la mise en place de son matériel, ce dernier n'a remarqué ni ma présence à ses côtés ni ma tenue. Cependant, à la seconde où il saisit son appareil entre les mains, il relève la tête et manque de le lâcher. Ses iris à la couleur d'ordinaire aussi bleue que l'océan ne sont plus que deux gouffres renfermant une flamme ardente. Les images de nous deux dans le bureau de la galerie me reviennent de plein fouet, et Dieu sait à quel point j'aurais aimé que cette femme n'ait jamais débarqué alors qu'il était entre mes jambes. Je m'empourpre d'emblée en me remémorant son érection impressionnante qui pulsait contre mon entrejambe, et une simple culotte ne m'a jamais paru aussi inconfortable qu'en cet instant. Surtout quand Hayden s'approche de moi avec cette lueur dans le regard capable de me liquéfier sur place.

– J'ai essayé de te joindre ce matin, souffle-t-il.

Ses doigts qui effleurent à peine mon épaule déclenchent une myriade de frissons sur leur passage.

– J'ai passé la nuit chez Tia, et j'avais oublié mon portable chez moi, répondé-je d'une petite voix.

Son visage s'éclaire soudain.

– Alors c'est vrai ? Tyler et toi…

– C'est terminé, confirmé-je, toutefois étonnée qu'il soit au courant.

Néanmoins, je n'ai pas le loisir de creuser la question qu'Emily intervient :

– En place !

Jamais une séance n'avait été si éprouvante. J'enchaîne les tenues à un rythme effréné, n'ayant pas une seconde pour souffler, mais ce n'est pas cela qui met mes nerfs à rude épreuve. C'est plutôt me retrouver à proximité de Hayden, sans pouvoir le toucher alors que je meurs d'envie de sentir mon cœur battre à la limite de l'explosion sous ses caresses, et je dois faire preuve d'une volonté surhumaine pour rester concentrée.

– Blake, m'interpelle soudain Emily en jetant un coup d'œil à sa montre, tu étais parfaite, je n'hésiterai pas à te recontacter pour d'autres projets si tu es partante. Allez, on remballe !

J'ai juste le temps d'acquiescer que tout le monde s'affaire autour de nous, et en moins de dix minutes, le studio est désert. Du moins, si l'on fait abstraction de Hayden et moi.

– J'ai cru qu'ils ne partiraient jamais, soupire Hayden.

Son appareil toujours en main, il se poste entre mes jambes et enlève la pince qui retenait mon chignon afin que mes cheveux se déversent en cascade dans mon dos.

– Tu n'as pas d'autres impératifs aujourd'hui ? m'enquiéré-je en priant pour que son planning soit aussi léger que le mien.

– Mon seul impératif, c'est toi.

Il me repousse en douceur pour m'allonger, puis grimpe à son tour sur le matelas. Il braque son appareil photo sur moi, capturant chaque expression traversant mes traits.

– Tu as largué Tyler ? reprend-il sans pour autant cesser de me photographier.

– Comment t'es au courant, Hayd ? l'interrogé-je.

– J'ai eu droit à une petite visite de sa part ce matin.

La nouvelle me fait l'effet d'une bombe.

– Hein ?!

Je me redresse subitement sur les coudes, manquant de me cogner à l'objectif. Il se résout à poser l'appareil au bout du lit avant de reporter son attention sur moi.

– J'étais surpris de le voir débarquer sur le pas de ma porte, tu peux me croire, et encore plus lorsqu'il m'a balancé que vous deux, c'était terminé. J'ai cru que ce jour n'arriverait jamais, Blake.

Il se penche vers moi, place ses paumes de chaque côté de mon corps. Son nez frôle le mien, son souffle s'échoue sur mes lèvres.

– Dis-moi que cette fois, tu ne retourneras pas auprès de lui…

Sa bouche remue sur la mienne avec douceur, dérobant chacune de mes expirations. Mon cœur palpite avec frénésie dans ma poitrine, et j'en veux terriblement plus.

– Je te le promets, murmuré-je.

Je l'agrippe par le col de son tee-shirt, l'attire davantage à moi pour plaquer ma bouche sur la sienne. Hayden perd l'équilibre, tombe sur moi sans pouvoir amortir sa chute, mais ne descelle ses lèvres des miennes à aucun moment, au contraire. Il approfondit notre baiser, joue avec ma langue avec tant de lascivité que des gémissements m'échappent, et ses mains… Ses doigts suivent chacune de mes courbes, s'attardent sur mes seins dont les tétons se dressent sous ses paumes, avant de migrer plus au sud, entre mes cuisses. Je les serre par réflexe autour de ceux qui s'évertuent de me torturer avec une lenteur exquise.

– Hayd…, chuchoté-je d'une voix rauque.

– Ne m'abandonne plus, Blake.

Submergée par le plaisir que de simples caresses me procurent, je me contente de secouer la tête, incapable de prononcer un mot de plus. Et lorsque ses doigts se faufilent sous le tangua de dentelle rouge pour s'introduire en moi, mon souffle se bloque dans ma cage thoracique. Chaque va-et-vient m'arrache une plainte, et je suis obligée de me mordre la lèvre pour les contenir un tant soit peu. Mais Hayden ne l'entend pas de cette oreille, et accélère la cadence, me précipitant au bord du précipice. Sauf que je le veux en moi quand je perdrai la tête.

– Hayden, s'il te plaît, ahané-je contre son cou.

J'empoigne le rebord de son tee-shirt, le force à s'en débarrasser avant de m'attaquer à son jean. Je déboutonne fiévreusement son pantalon, le descends sur ses fesses en même temps que son boxer, libérant son érection qui démontre à quel point il me désire.

Sans un mot, il tente de me départir de ma culotte, avant d'en arracher la dentelle sous l'empressement.

Merde. J'adore qu'il soit si sauvage, bien qu'il ait réduit en lambeaux un dessous hors de prix. Une chance que la créatrice les offre à ses modèles !

Dès qu'il se repositionne entre mes cuisses, mon cœur bat avec une telle violence que chaque battement se répercute dans l'ensemble de mon corps. J'aime qu'il me regarde avec une telle intensité, comme si du feu en fusion nimbait ses prunelles, j'aime qu'il me fasse l'amour comme si seul mon plaisir comptait, et je l'aime lui, tout simplement.

– Nous deux, c'est réel, hein ? soufflé-je en me noyant dans les volutes turquoise incroyables de ses iris.

– Depuis le premier jour.

– Hayd, j'adore être dans tes bras, je t'assure, mais quelqu'un pourrait nous surprendre d'une seconde à l'autre, le prévené-je, encore essoufflée.

La joue posée sur son pectoral, je perçois le son de son cœur probablement aussi chaotique que le mien.

– Et c'est maintenant que tu t'en inquiètes ? s'esclaffe-t-il.

Je me redresse, l'avise quelques secondes. Ou le mate, plutôt. Un Hayden vêtu de cuir est sacrément canon, mais un Hayden avec une coiffure post baise l'est encore davantage.

– Vous disposez de l'incroyable don de me faire perdre les pédales, monsieur Johnson, rétorqué-je, mutine.

Un sourire éclaire son visage.

– Et je meurs d'envie de recommencer sur-le-champ.

D'un mouvement brusque, il me bascule soudain sous lui, son entrejambe stratégiquement posté contre mon intimité qui palpite d'emblée. Ses lèvres suivent la courbe de ma mâchoire jusqu'au lobe de mon oreille. J'en frissonne de plaisir, mais je suis déterminée à lui résister.

– Hayd, rigolé-je en le repoussant, je ne veux pas revivre la scène d'hier soir. La tête de cette nana lorsqu'elle nous a découverts sur son bureau ! J'ai cru mourir de honte.

Hayden cesse de titiller ma libido à fleur de peau.

– Hum… C'est vrai que je ne risque plus d'exposer à la galerie avant un moment, avoue-t-il, mais ça en valait la peine.

Il s'empare de mes lèvres, me donne un baiser qui calcinerait ma petite culotte. Du moins, si j'en portais une.

– Mais tu as raison, poursuit-il en délaissant ma bouche, il ne manquerait plus que je devienne persona non grata ici également pour m'être envoyé en l'air avec ma copine.

Il m'embrasse sur le front avant de se lever et de récupérer ses habits éparpillés. Quant à moi, je demeure figée.

Sa copine ?

– Ta… copine ? répété-je, quelque peu surprise.

Je remonte le drap sur ma poitrine, m'y cramponne avec force. Avec Hayden, tout va si vite, tout est si fort, que mon rythme cardiaque s'affole à cette pensée. Même si une part de moi est effrayée à cette perspective, j'aime qu'il me qualifie de cette manière, qu'il pose un mot sur ce que je représente pour lui. Cependant, bien que j'aie conscience d'être amoureuse de lui, suis-je prête à me lancer tête baissée dans une nouvelle relation qui promet d'être, au vu de nos caractères respectifs, tumultueuse ?

– Ouais, confirme-t-il en revêtant son tee-shirt, attirant mon regard sur ses abdos ciselés qui se contractent sous sa peau dorée. On n'arrête pas de coucher ensemble, Blake, je n'arrête pas de penser à toi, et soyons clairs, t'as jamais été une fille qui ne pourrait n'être qu'un plan cul pour moi. Avec toi, je veux tout. Toute la panoplie du joli petit couple romantique. Je veux t'embrasser devant la Terre entière, te tenir la main, me réveiller à tes côtés le matin. Je veux que tu m'envoies bouler, car je t'aurais un peu trop gonflée, ou que tu me sautes dessus parce que je t'aurais manqué. Je veux tout. Ou rien.

Mon cœur bat au moins à cent mille kilomètres-heure, mes yeux papillonnent. Ai-je rêvé ce moment ? Non. Hayden est ce genre d'homme qui balance avec un naturel déconcertant ce qu'aucun autre avant lui n'aurait été capable de prononcer.

– Mais si tu as besoin de temps je… je comprendrais, bredouille-t-il en détournant les yeux, comme s'il craignait ma réponse.

Je quitte le lit à mon tour, m'approche de lui en embarquant le drap avec moi pour couvrir ma silhouette. Je me grandis sur la pointe des pieds de sorte que nos bouches s'effleurent et souffle :

– On a perdu assez de temps, tu ne crois pas ? Alors va pour tout.

Blake

Le soleil qui culmine au-dessus de nos têtes est presque aveuglant, néanmoins, je me délecte de sa chaleur sur ma peau. Je ferme les yeux, inspire profondément pour que, ne serait-ce l'espace d'une seconde, je ne songe à rien d'autre que cette douce sensation sur mon épiderme. En vain. Hayden monopolise mes pensées, ou plutôt, ce que nous allons devenir. Est-ce que nous deux, cela pourrait vraiment fonctionner ? Avons-nous réellement un avenir ensemble ? Je l'espère de tout cœur, pourtant, je suis incapable d'entrevoir un chemin sans embûches.

Le bras de Hayden qui glisse sur mes épaules m'extirpe de mes divagations. Je lève le visage vers lui, et suis une fois de plus stupéfaite par sa beauté. Ce mec aurait décidément sa place devant l'objectif avec sa belle gueule, ses yeux incroyables, et son corps sculpté dans le marbre, et je suis ravie qu'il se contente de rester derrière. Les femmes qui croisent sa route se pâment devant lui, alors autant éviter qu'il devienne le fantasme ambulant de millions de nanas !

Moi, jalouse ? Pas du tout.

– Dis-moi que t'as rien de prévu aujourd'hui, dit-il en dardant son regard dans le mien.

L'intensité de ses pupilles est telle que j'ai le sentiment qu'il me déshabille sans la moindre pudeur, et, bien trop réceptive à mon goût, je bats des cils comme une idiote, et suis à deux doigts d'essuyer la bave qui menace de couler sur mon menton.

Je rêverais lui répondre non, mais je dois passer à l'appart vérifier que Tyler a bien mis les voiles, et accessoirement, appeler un serrurier afin de changer les serrures. On n'est jamais trop prudents, hein ? Et hors de question de voir débouler ce connard à l'improviste !

– Il faut que je retourne chez moi, répondé-je à contrecœur, je vais finir par étouffer dans les fringues de Tia !

Je lui dissimule la véritable raison, car je refuse que l'ombre de Tyler entache cette journée, et de lui laisser l'occasion de nous faire plus de mal. D'autant que je vais finir par véritablement exploser dans ce foutu tee-shirt.

– OK, mais laisse-moi au moins te raccompagner.

Ce n'est pas une question, et à vrai dire, je n'aurais même pas eu l'idée de protester. Hayden me conduit aussitôt vers sa moto noire rutilante, un engin aux courbes effilées taillé pour la vitesse, puis enlève sa veste en cuir qu'il me tend. J'enfile le blouson imprégné de son odeur, avant de sursauter quand il m'enfonce son casque sur le crâne.

– Et toi ? l'interrogé-je, les joues comprimées par l'armature, en comprenant qu'il s'est délesté de ses affaires pour assurer ma protection.

Il s'incline légèrement, une moue arrogante imprégnée sur les traits.

– Je suis un dur à cuire, et pas question que ma copine coure le moindre risque.

Il rabat la visière d'un geste prompt, enfourche sa moto puis m'attrape la main afin de m'aider à m'installer derrière lui. Sans la lâcher, il m'attire contre son dos puis la place sur son cœur. Il pivote vers moi, un sourire enjôleur plaqué sur les lèvres.

– Accroche-toi.

Lorsque nous parvenons au pied de mon immeuble, je ne me détache de Hayden qu'au bout d'interminables secondes. L'adrénaline pulse encore dans mes veines, et je n'ai qu'une hâte : renouveler au plus vite cette expérience incroyable. Parce qu'être collée ainsi à lui, slalomant à toute vitesse entre le flot de véhicules, c'était… pfiou.

Hayden m'aide à descendre, me maintient contre lui plus longtemps que nécessaire avant de m'enlever le casque qu'il pose sur la selle.

– La prochaine fois, je veux que tu m'emmènes au bout du monde, affirmé-je en embrassant le coin de sa mâchoire.

Il dégage les cheveux collés sur mon front, replace une mèche derrière mon oreille.

– Je t'emmènerai où tu le désireras. Mais pour l'instant, je souhaite seulement te conduire dans ta chambre.

Sans sommation, ses lèvres heurtent les miennes, sa langue s'immisce entre elles pour jouer avec la mienne.

Merde.

Est-ce que l'embrasser s'avérera toujours aussi bon ?

– Hayden Johnson, vous êtes insatiable, pouffé-je, en reprenant mon souffle.

– Seulement quand il s'agit de toi.

– Tu ne me facilites pas la tâche, tu sais ? Je vais devoir t'abandonner sur le trottoir afin que tu ne me distraies pas.

– J'adore te distraire, répond-il. D'autant que tu vas avoir besoin d'aide pour enlever tout… ça. C'est bien pour cette raison qu'on est ici, non ?

Ses doigts se faufilent sous mon tee-shirt, remontent avec lenteur le long de mes côtes. Ma peau se couvre de frissons, des picotements émanent de mon ventre.

– Et je dois surtout mettre de l'ordre dans l'appart après le départ de Tyler, lâché-je. Je ne veux pas que nous… enfin, tu comprends, tant que je ne me serai pas assurée qu'il n'y a plus une seule trace de lui. Je ne veux pas que quoi que ce soit me rappelle cet enfoiré.

Les mains de Hayden se crispent sur mes hanches à l'évocation de Tyler, son air séducteur s'évapore.

– Nous deux, c'est réel, Blake, ne l'oublie pas, assure-t-il avec tant de conviction que j'ignore qui il cherche à convaincre entre lui et moi.

Je cligne des yeux à plusieurs reprises, quelque peu décontenancée. J'ignore pourquoi il me le rappelle. Craint-il qu'une fois seule, je me ravise ? Que je n'éprouve plus l'envie de construire quelque chose avec lui ?

Je hoche la tête pour lui confirmer que oui, nous sommes bien réels, puis dépose un baiser sur ses lèvres avant qu'il n'enfourche de nouveau sa moto pour disparaître dans la circulation, et c'est le cœur serré que je rejoins le hall de l'édifice.

Dès que je pousse la porte de l'appartement, une drôle de sensation s'empare de moi. Pour être honnête, je n'étais pas certaine que Tyler s'exécute quand je lui ai demandé de débarrasser le plancher, mais force est de constater qu'il a obtempéré. Je traverse chaque pièce avec l'étrange impression d'avoir remonté le temps, à l'époque où il n'était pas encore entré dans ma vie. C'est comme si nous deux, ça n'avait jamais existé.

Soulagée, je me rends dans la salle de bains pour retirer les vêtements prêtés par Tia, et fonce sous la douche. Je ne m'y éternise pas, me sèche en un temps record afin d'apaiser la faim qui me tenaille l'estomac. Je n'ai pas mangé depuis la veille, puisque j'ai élégamment rendu mes tripes ce matin, et mes ébats avec Hayden m'ont plus qu'ouvert l'appétit.

Cependant, je prends tout de même la peine de fouiller le placard surplombant l'évier à la recherche d'une petite boîte rose bonbon. Dès que je mets la main dessus, je m'empresse d'en sortir la plaquette d'aluminium afin d'en extraire un minuscule comprimé que j'avale. Je m'apprête à la ranger quand… je ne sais pas, un détail attire mon attention. J'examine la plaquette de plus près, avant de me figer.

Putain de bordel de merde.

Mon cœur effectue un foutu saut périlleux dans ma poitrine à l'instant où je découvre que je viens de prendre le cachet correspondant à lundi, et que nous sommes mercredi, alors que je l'ai prise de façon continue. Du moins, j'en étais convaincue jusqu'à cette seconde, mais de toute évidence, il y a eu un loupé quelque part… Car j'ai beau la retourner dans tous les sens, le constat est sans appel : je n'ai pas oublié ma pilule une fois, mais deux. Probablement le soir où nous avons passé la nuit sur l'île déserte, ainsi que la veille ou le lendemain, mais en réalité, je m'en carre le cocotier de savoir quand je l'ai zappée puisque cela ne change strictement rien à ce merdier.

J'ai soudain des sueurs froides, et la nausée carabinée de ce matin se rappelle, à mon grand désespoir, à mon bon souvenir.

Fait chier.

La fatigue que j'ai ressentie ces dernières semaines et que

j'associais à ma tristesse causée par l'absence de Hayden, et maintenant ça... Serait-ce possible que... Non.

C'est impossible, impensable, inenvisageable. Je ne peux pas être en cloque. On ne tombe pas enceinte après avoir oublié deux putains de pilules, si ?

À ton avis, idiote ?

Cette éventualité me file des vertiges, et la pièce tangue tout à coup autour de moi. Je me retiens in extremis au montant de la porte, et me traîne jusqu'à mon lit sur lequel j'échoue en étoile de mer, toujours enroulée dans ma serviette.

J'attrape mon portable, pianote un rapide texto que j'envoie à Tia qui lui demande, ou plutôt exige, de ramener expressément ses fesses ici. Vu la teneur du message, je suis persuadée qu'elle va rappliquer plus vite que si je lui avais proposé de se mater l'intégrale de sa série préférée. D'autant que les émojis qui l'agrémentaient étaient plus qu'explicites.

J'effectue quelques exercices de respiration pour tenter de dénouer la boule d'angoisse qui me broie l'estomac, puis m'empare des premiers vêtements qui me tombent sous la main afin de ne pas accueillir mon amie à poil.

La sonnerie de mon téléphone s'élève soudain, et je manque de me rétamer en m'empêtrant dans mon pantalon de jogging en essayant de le saisir.

– Tia, bouge ton cul au lieu de m'appeler ! bougonné-je avec humeur en coinçant l'appareil entre mon oreille et mon épaule.

– Toujours aussi charmante, Blake, raille une voix glaciale à l'autre bout du fil. Je me demande bien ce que j'ai loupé dans ton éducation pour hériter d'une fille aussi grossière.

Un ange passe. Oups.

Note à moi-même : toujours regarder le nom qui s'affiche sur l'écran de mon foutu portable avant de décrocher.

– Salut, maman, répondé-je, un chouia embarrassée.

Je m'apprête à lui balancer que ce n'est absolument pas le moment de tailler une bavette, avec plus de courtoisie, cela va de soi, mais elle me coupe l'herbe sous le pied en soupirant :

– Qu'as-tu encore fait, Blake…

Mon cœur s'emballe subitement. Ma mère est extralucide ou quoi, pour avoir deviné que j'ai, peut-être, un polichinelle dans le tiroir ?!

– Tyler m'a prévenue que tu avais rompu, mais qu'est-ce qui t'ait passé par la tête, enfin ? poursuit-elle.

Je souffle de soulagement. Du moins à moitié quand je prends conscience que mon ex n'a rien trouvé de mieux que de mettre ma mère, qui l'idolâtre littéralement, au parfum. Probablement une dernière petite vengeance de sa part pour avoir eu l'audace de le larguer.

– Tyler n'était pas un homme pour moi, éludé-je.

– Vraiment ? Un homme adorable avec une situation des plus enviables n'est pas un homme pour toi, Blake ?

– Je ne l'aimais plus, me sens-je obligée de préciser, plus abrupte que je ne le souhaitais.

– Pardon ? s'étrangle-t-elle. Tu as balayé ton avenir d'un revers de main pour une raison aussi futile que tu ne l'aimes plus ? Tu penses peut-être que te pavaner à moitié nue devant un objectif est une carrière respectable ?

J'ouvre la bouche, mais ne riposte pas. Sa tirade a eu l'effet d'une gifle.

– L'amour n'a donc aucun intérêt à tes yeux ? Alors quoi, j'aurais dû continuer à jouer la comédie et oublier ce qu'il m'a fait ? Qu'il m'a plantée le jour de notre mariage ? m'emporté-je.

– Tout le monde a droit à l'erreur, Blake.

– C'est donc pour ça que tu l'as prévenu que j'étais partie en lune de miel ? Tu espérais que l'on recolle les morceaux pour former le parfait petit couple ?

– Je voulais éviter que tu gâches ta vie !

– Que je gâche ma vie ? répété-je, ahurie. Eh bien, je suis navrée d'être une telle déception.

Je raccroche aussi sec, les larmes aux yeux. Je savais que ma mère n'était pas fan de la voie que j'ai empruntée, que j'ai choisie, mais l'entendre me mépriser si distinctement...

J'essuie rageusement la larme qui s'est échappée de mes paupières, envoie valser mon téléphone à l'autre bout de la pièce quand quelqu'un beugle mon prénom depuis l'entrée. Par chance, dans son empressement, mon amie a pensé à prendre son double des clés.

– Blake ! hurle Tia en déboulant dans ma chambre. C'est quoi ce bordel ?! Eh... Tout va bien ?

Elle jette un sac en plastique sur mon lit, se précipite vers moi et enserre mon visage entre ses paumes.

– C'est rien, murmuré-je. Ma mère.

– Oh, se contente-t-elle de répondre.

Tia ne l'a jamais particulièrement appréciée, et aujourd'hui, je comprends pourquoi. Décidément, ma lucidité s'est fait la malle depuis un moment.

– Quoi qu'elle ait pu dire, reprend-elle, oublie, chérie. Parfois, ta mère est sacrément conne.

Un faible sourire étire mes lèvres. C'est dingue comme j'aime cette nana.

– Je ne sais pas ce que je ferais sans toi.

Elle me rend mon sourire, avant que ses sourcils ne se froncent et qu'elle lâche, implacable :

– Tomber enceinte, visiblement ! File aux chiottes, et fais-moi le plaisir de pisser sur ces trucs !

Elle fouille le sachet, saisit plusieurs boîtes en carton qu'elle me fourre entre les mains. Je jette un œil à la marchandise, reconnais d'emblée des tests de grossesse. Pas moins de six et de marques différentes. Comme d'habitude, Tia n'a pas fait les choses à moitié, et l'heure de vérité a sonné.

Plan Bahamas

Assise derrière le bar de la cuisine, je fixe les bâtonnets de plastique alignés devant moi et qui indiquent tous sans exception le même résultat.

– Tu es convaincue, ou tu veux que j'utilise celui-là également ? m'enquiéré-je en lui flanquant le dernier exemplaire sous le nez.

Tia observe les tests avec insistance, comme si elle les disséquait du regard.

– Tu m'expliques ? me demande-t-elle au bout de plusieurs minutes.

– Que je t'explique quoi ?

– Comment ça a pu se produire ! s'écrie-t-elle.

J'arque un sourcil, mi-perplexe mi-amusée.

– Tu veux vraiment que je te fasse un dessin ?

– Je te remercie, chérie, mais dans ce domaine, je crois que c'est moi qui pourrais t'apprendre un truc ou deux. En revanche, j'aimerais savoir par quel miracle la petite graine a réussi à prendre, si tu vois ce que je veux dire.

Je vois parfaitement, ouais.

Je me mords l'intérieur de la joue, un peu honteuse.

– J'ai oublié de prendre ma pilule.

– Et ?

– Ben… t'as la réponse du pourquoi du comment, attesté-je sans comprendre où elle désire en venir.

Elle rejette la tête en arrière, faisant voler ses longs cheveux bouclés sombres, avant de vriller ses iris émeraude dans les miens.

– La contraception n'est pas réservée qu'aux femmes,

Blake, bordel, d'autant que t'es au courant au moins que la pilule n'a pour vocation que de t'empêcher de te reproduire, hein ? Ce n'est pas une barrière magique qui va détruire à coups de paillettes enchantées les putains de MST ! Pour ta gouverne, la chlamydia et la syphilis ne sont pas de jolis noms de bonbons.

Je la scrute, quelque peu hébétée et les yeux écarquillés. J'ignore si je dois m'offusquer qu'elle me fasse la morale comme à une gamine ayant juste atteint la puberté, ou éclater de rire.

– Bref, c'est quoi l'excuse du beau gosse pour ne pas avoir mis de capote ?

– On était sur une île déserte, et on n'a pas trouvé de distributeur, ironisé-je.

Tia secoue la tête, dépitée.

– Donc je suppose que de retour à l'hôtel, lorsque vous avez forniqué comme des bêtes, le distributeur était en panne également ?

Je pique un fard en prenant conscience qu'effectivement, nous ne nous sommes pas protégés. Et voilà où j'en suis après avoir joué avec le feu un peu trop souvent.

– Tu es sûre qu'il est de Hayden, au moins ?

– Tu crois vraiment que j'aurais laissé Tyler me toucher ? m'exclamé-je, un brin irritée.

– Désolée, chérie, mais le discernement n'est pas l'un de tes points forts. La bonne nouvelle, c'est que ton bébé ne sera pas porteur du gène « connard ».

Mon bébé.

Je reste paralysée en percevant ce mot, comme s'il rendait les choses soudain plus réelles. Tangibles.

– Qu'est-ce que tu comptes faire, Blake ? me relance-t-elle, plus douce, en me prenant la main.

– J'en sais rien. Je ne sais même pas comment lui annoncer.

Tu me vois me pointer devant lui en lançant, la bouche en cœur : « Hey, tu sais quoi ? Tu vas être papa, félicitations ! ». Avec Hayden, au pieu, c'est dément, et quand on ne s'écharpe pas, on s'entend plutôt bien d'ailleurs. Mais on n'a même pas eu le temps de tenter le coup en tant que couple que je vais lui imposer un gosse. Et s'il n'en voulait pas, hein ?

Mon anxiété rapplique au triple galop, mon mal de ventre également. Tomber enceinte ne faisait pas partie de mes priorités à plus ou moins long terme, d'autant plus avec un homme avec lequel je n'ai rien construit. Mais ce bébé est là, et je...

– Et qu'est-ce que tu désires toi ?

Je relève les yeux vers Tia, surprise.

– C'est-à-dire ?

– Rien ne t'oblige à le garder, Blake. C'est ton choix, mais Hayden a le droit de savoir.

Elle presse ma main en signe de soutien. Tia est ma meilleure amie, quelle que soit ma décision, je sais qu'elle ne me jugera pas et qu'elle sera présente pour moi. Sauf que je suis complètement paumée.

– Je... Je ne sais pas quoi faire, Tia ! Je suis trop jeune pour être mère, enfin... Je veux dire que je ne l'avais pas envisagé. Pas maintenant. Plus tard peut-être, quand les vergetures n'auraient plus eu la moindre importance pour la suite de ma carrière, après avoir fait le tour du monde une ou deux fois et après avoir épousé l'homme de ma vie ! Enfin, concernant ce dernier point, je n'en suis pas certaine, hein, mais pas maintenant quoi !

Je me prends la tête entre les mains, au bord de l'hystérie. Ouais, je crois que cette situation va me rendre littéralement hystérique, puisque le choix qui s'offre à moi chamboulera ma vie d'une façon irrémédiable, dans un cas comme dans l'autre. Sans parler de la réaction de Hayden... Je suis pétrifiée rien qu'en y songeant.

Et lorsque mon téléphone se met à vibrer sur le marbre du bar, mon cœur cesse de battre, car le nom qui s'affiche sur l'écran n'est autre que celui de Hayden.

Je relève brusquement la tête, paniquée. Tia m'adresse un regard interrogateur, se penche par-dessus la table pour observer mon portable qui continue de gigoter.

– Tu attends quoi pour lui répondre ? me morigène-t-elle.

– Et pour lui dire quoi ?!

Elle secoue la tête, exaspérée, avant d'appuyer subitement sur l'appareil pour prendre l'appel et de m'accorder un sourire carnassier.

Ai-je envie de la pulvériser à cet instant précis pour m'avoir fait un tel coup ? Absolument. Mais on a les amis qu'on mérite, pas vrai ?

Fébrile, je m'empare du combiné pour le coller contre mon oreille. La voix de Hayden qui résonne à l'autre bout du fil me rassérène soudain, jusqu'à ce que je me rappelle que je suis en cloque. De lui. Et qu'il l'ignore.

– Blake ?

– Hm ? me contenté-je de répondre.

– Tout va bien ? s'enquiert-il avec une pointe d'inquiétude dans la voix.

– Oui, oui, m'empressé-je de répondre. Je suis juste… fatiguée.

Je coule un coup d'œil vers mon amie qui me fait les gros yeux. Ben quoi ? Oui, je mens, je le reconnais, mais elle ne s'attendait tout de même pas à ce que je lui balance cette bombe au téléphone ?!

– Tu avais besoin de quelque chose ? poursuivé-je sur un ton presque guindé.

Cette fois, les globes oculaires de Tia roulent dans leur orbite avec une exagération plus que poussée. Quand je suis stressée, mon naturel s'évapore comme par magie, ce n'est pas ma faute !

– Euh... Je voulais juste savoir si on se verrait ce soir. C'est con, mais tu me manques déjà.

Boum. Boum.

Mon cœur cogne dans ma poitrine. Je rêverais de planter Tia ici pour courir le rejoindre, me lover dans ses bras, néanmoins, c'est inenvisageable tant que je n'aurai pas statué sur mon... état.

– Je... Pas ce soir, Hayd, la journée a été longue, et je dois encore trier quelques affaires. Je te rappelle demain, d'accord ?

Je raccroche aussi sec, et à peine je mets fin à la conversation que mon amie tape dans ses mains en des semblants d'applaudissements en m'observant avec un air consterné sur le visage.

– Waouh. Plus spontané, tu meurs, raille-t-elle.

– Oh, ça va. Pour ta gouverne, je ne voulais pas répondre.

– Pour ta gouverne, tu ne pourras pas l'éviter éternellement.

Certes. Mais si je pouvais repousser l'inévitable au maximum, cela m'arrangerait.

– Demain je m'envole pour Miami pour défiler pour l'un de mes amis, reprend-elle soudain, et tu vas m'accompagner.

– Quoi ?! Mais...

– Il n'y a pas de « mais » qui tienne. Je te connais, tu vas ruminer, baliser, te poser mille questions, et retourner la situation dans tous les sens, alors ne compte pas sur moi pour te laisser toute seule dans un moment pareil. Tu as besoin de faire un *break* avant de prendre la moindre décision.

– Tia...

Sans m'accorder un regard, elle sort son portable de la poche de son jean, cherche je ne sais quoi dessus avant de m'adresser un sourire triomphant.

– Ton billet est réservé, ma belle, je te l'ai pris avec mes miles, donc ne t'avise pas de me faire faux bond !

Malgré moi, je ris. Cette fille est exceptionnelle.

– Je t'aime, tu sais ?

– Il ne peut en être autrement, rétorque-t-elle avec assurance. Toi et moi, à siroter des cocktails, sans alcool pour toi bien entendu, sous les palmiers de Miami, c'est le bon plan, nan ?

Je me remémore avec une clarté inouïe ces paroles que je lui avais sorties lors de la soirée de mon mariage raté pour la convaincre de me suivre aux Bahamas. Quelques semaines à peine se sont écoulées depuis ce jour-là, et tant de choses ont changé… Ma vie a pris un tournant radical, et je sens qu'elle n'a pas fini d'être chamboulée.

24

Hayden

Blake vient de me raccrocher au nez ! Elle semblait mal à l'aise, hésitante comme si elle cherchait une excuse pour éviter de me voir. Mais putain, qu'est-ce qui se passe encore ?! La boule au ventre, j'angoisse à l'idée qu'elle regrette ce qui se passe entre nous. Et si c'était trop tôt ? Peut-être avons-nous précipité les choses ?

Avec Blake, j'ai toujours l'impression de faire un pas en avant et dans la minute qui suit, deux en arrière. Cette foutue impression que tout cela n'est qu'un mirage et que je vais finir par me réveiller seul, sans elle à mes côtés, parce que j'aurais rêvé cette belle histoire.

Après plusieurs heures à ruminer dans mon appart, je me décide à appeler sa meilleure amie. J'ai besoin de savoir, besoin de tout mettre en œuvre pour lui prouver mon amour. Au bout de deux sonneries, Tia décroche :

– Hayden ?! Que me vaut le plaisir de ton appel ?

– Tia, dis-moi ce qui se passe ? Blake va bien ? J'espère que ce connard de Tyler…

– Hé oh ! Du calme, t'emballe pas ! Blake est en sécurité chez elle et ce trou du cul de Tyler s'est bien barré de sa vie, me coupe-t-elle avec un ton tranchant.

– Alors pourquoi elle cherche toutes les excuses pour éviter de me voir ? J'ai bien deviné au ton de sa voix qu'elle me mentait et qu'elle n'allait pas bien. Est-ce que j'ai encore foiré ?! la harcelé-je, inquiet.

– Demain, je l'emmène avec moi à Miami pour un défilé auquel je dois participer. Tout ce que je peux te dire, c'est que si tu tiens à elle, c'est le moment de le prouver en ramenant tes fesses là-bas pour nous rejoindre. Je t'en dirai plus sur place, mais déconne pas Hayden, t'as intérêt à assurer ! insiste-t-elle sur un ton sérieux.

– Putain, mais j'pige rien à c'que tu me dis ! Tu peux préciser, parce que là, tu ne me rassures pas du tout ! m'exclamé-je, de plus en plus anxieux.

– À demain, Hayden, je t'envoie le lieu du rendez-vous et n'oublie pas de réserver ton billet dès ce soir ! Et arrête de poser des questions, je compte sur toi ! *Ciao* ! conclut-elle, ferme, me laissant perplexe et perdu.

Putain, ces nanas vont me rendre dingue !

Entre Blake qui m'évite encore une fois, et maintenant Tia qui insiste pour que je les rejoigne à Miami sans que je sache pourquoi, mon cœur risque de lâcher plus tôt que prévu ! Un mauvais pressentiment me cisaille les entrailles.

Avec tous les événements qui ont ponctué ces dernières semaines, je comprends que Blake soit paumée et qu'elle ait besoin de réfléchir. Mais dans ce cas, pourquoi ne pas me le confier ? Peut-être n'a-t-elle pas encore complètement confiance en moi. J'espère juste que Tyler n'est pas allé la voir pour la convaincre de se remettre avec lui, sinon je risque vraiment de péter les plombs et d'être beaucoup moins sympa que la dernière fois qu'il est venu me rendre visite.

Absolument tout est réuni pour que je reste paisible et zen !

Parce que me rendre à Miami signifie prendre un putain d'avion ! Enfin bref, toutes ces interrogations et ces incertitudes me poussent à réserver ce fichu vol afin de rejoindre la femme que j'aime et que je refuse de perdre, maintenant que je suis enfin son petit ami, du moins, je l'espère.

Je me suis shooté avec tout ce que j'ai pu trouver dans le commerce pour calmer ma phobie, mais pour l'instant, rien ne semble fonctionner. J'ai même tenté une méditation censée réduire mon stress, pourtant, vu le rythme frénétique de mon palpitant, je commence à avoir de sérieux doutes sur l'efficacité du tuto trouvé sur YouTube.

Enfoiré de gourou à deux balles !

Tandis que j'essaye de faire abstraction de mon environnement, je grimpe à bord de l'avion, et me retrouve assis sur mon siège, transpirant abondamment et broyant les accoudoirs avec force entre mes mains, faute de pouvoir serrer les doigts de Blake. Elle n'est pas là pour apaiser ma nervosité d'un baiser ou pour me raisonner en me tenant la main. Pour oublier que mon seul moyen de ne pas perdre les pédales ne se trouve pas près de moi, je regarde autour de moi et ressens soudain une profonde honte en voyant les passagers détendus.

Mais putain, comment ils font !?

Je suis incapable de montrer un tel détachement, car un simple coup d'œil au hublot, et voilà que d'horribles scénarios affluent dans mon esprit, comme un moteur qui lâche ou une aile qui se détache.

Putain Hayden, arrête d'imaginer le pire !

Il faut absolument que je me distraie. Soudain, mon regard est attiré vers l'écran individuel incrusté sur le siège devant moi. J'ai alors l'idée lumineuse de visionner un film. Et pourquoi ne pas regarder la comédie préférée de Blake, *Love Actually* ? Ça me permettra de penser à ma petite furie et d'apprendre à apprécier ce qu'elle aime. Je parcours le catalogue de la compagnie et ne tarde pas à trouver mon bonheur, bingo ! Et contre toute attente, je suis absorbée par cette romance de Noël pleine d'humour et finis par oublier que je suis à des milliers de mètres d'altitude.

De retour sur la terre ferme depuis vingt minutes, je descends enfin de mon taxi et respire l'air marin. Je me laisse emporter par la beauté des paysages. Les plages à perte de vue m'évoquent les moments magiques passés avec Blake lors de notre séjour aux Bahamas. J'aime cette ville et ses plages où j'ai déjà eu l'occasion de photographier les surfeurs pour des magazines spécialisés.

Miami est célèbre pour ses vastes étendues de sable blanc et ses eaux cristallines. Mais j'apprécie tout particulièrement South Beach, cet endroit emblématique, avec sa promenade animée en bord de mer et sa large bande de sable bordée de palmiers, de bars, de restaurants et de magasins colorés d'art déco. Je pourrais passer des heures à me promener sur Ocean Drive, à admirer les bâtiments historiques de Miami Beach et à siroter des cocktails dans les célèbres lounges où j'ai de supers souvenirs avec des potes surfeurs et mon cousin, un adepte chevronné de cette pratique. Malheureusement, je n'ai pas le temps de flâner. Tia m'a donné rendez-vous pour assister au défilé auquel elle participe en tant que mannequin vedette.

Cette fille est incroyable, sa beauté exotique ne laisse personne indifférent et sa carrière est en plein essor. Seulement pour qu'un homme réussisse à conquérir le cœur de cette tigresse, il va falloir qu'il fasse preuve de beaucoup de courage pour affronter son tempérament de feu au quotidien.

Au loin, j'aperçois un podium dressé sur la plage, encerclé de chaises et d'une immense tente servant probablement de coulisses aux mannequins ou lieu de repli pour l'équipe. Alors que je m'avance sur le sable, respirant à pleins poumons l'air iodé, mon regard est attiré par ma petite brune, ses cheveux flottant au vent qui caresse son magnifique visage. Comme à chaque fois, je ne peux résister à l'envie d'immortaliser son charme naturel et ses expressions avec mon appareil photo.

Cependant, malgré sa beauté, je remarque que la tristesse et les tourments voilent ses yeux. La lueur habituelle qui illumine ses iris semble s'être éteinte et son teint blafard lui donne mauvaise mine. Une douleur me serre l'estomac en voyant ma petite furie ainsi, paraissant abattue et apathique. Q'est-ce qui lui arrive ? A-t-elle pris peur, car j'ai décrété que désormais, nous formions un couple ? D'ailleurs, en y réfléchissant, elle n'a jamais dit ce que je représentais pour elle… Est-ce pour cette raison que Tia m'a demandé de venir ? Il se trame quelque chose, et le mauvais pressentiment que j'éprouvais avant de partir se confirme.

Je m'approche de Blake qui vient d'être rejointe par Tia. Ses yeux s'écarquillent en me voyant, et la panique l'envahit.

– Hayden ?! Mais qu'est-ce que tu fous ici ? s'exclame Blake, affolée de me découvrir face à elle.

– Salut Blake, moi aussi, je suis très heureux de te voir, ironisé-je avec un soupçon de sarcasme. Je suis là pour comprendre ce qu'il se passe. C'est toi qui ne prends pas la peine de me répondre, je te rappelle, exposé-je en essayant de rester calme.

– Et tu as traversé le pays juste parce que je n'ai pas répondu à tes textos ?! réplique-t-elle avec une certaine agressivité.

– C'est moi que tu fuis ou quoi, Blake ? Parle-moi, putain ! Si Tia m'a demandé de ramener mes fesses ici, rétorqué-je en reprenant les mots de son amie, c'est parce que tu me caches un truc important. Alors si tu souhaites tout arrêter avec moi, pas de problème, mais je préfère que tu me le dises franchement, car tes silences me rendent fou !

Mon rythme cardiaque s'emballe sous la colère et la tristesse tandis que Blake se tourne vers sa meilleure amie en fronçant les sourcils, la menaçant d'une voix tendue :

– Tia ! T'as pas fait ça !

– Désolée, mais je crois qu'on m'appelle, le défilé ne va plus tarder ! prétexte Tia en s'échappant vers la tente et nous laissant seuls.

– Écoute, c'est... compliqué. Beaucoup de choses se sont bousculées dans ma vie en si peu de temps que je ne sais plus trop où j'en suis, commence-t-elle, la voix empreinte d'émotions. Finalement, tu avais raison, j'ai besoin de prendre du recul, Hayd, avant de me décider sur certaines choses. Là, je suis simplement venue pour soutenir ma copine, alors tu m'excuseras, mais c'est pas le moment. On en discutera plus tard.

Sans me laisser le temps de répondre, Blake tourne les talons et se dirige rapidement vers une chaise réservée à son nom face au podium. La plage est envahie par des personnalités du monde de la mode, créant une atmosphère électrique.

Cependant, mon esprit est troublé par un tourbillon de sentiments, allant de la colère au chagrin en passant par l'incompréhension. Face à cette situation que je ne comprends pas, je me sens impuissant. Il est peut-être temps que je prouve à Blake à quel point je l'aime avant de la perdre. Après toutes ces années où j'ai espéré ce rapprochement entre elle et moi, je ne peux pas la laisser m'échapper maintenant.

Le souvenir du film qui a fini par calmer mes nerfs en plein vol me revient en mémoire et me donne l'idée du siècle. Je risque de me taper la honte de ma vie, mais elle en vaut la peine. Sans réfléchir davantage, je me dirige vers le staff de l'événement et parviens à récupérer quelques pancartes assez grandes. Ma carte de photographe professionnel m'a bien aidé sur ce coup-là, je dois le reconnaître.

J'ouvre YouTube sur mon portable et réécris à quelques mots près l'un des passages emblématiques. Le moment du film le plus romantique à ses yeux, lorsqu'un mec dont j'ai oublié le nom déclare son amour à une nana même s'il n'y a aucun espoir.

Désormais, il va falloir être malin pour monter sur le podium entre deux mannequins. Appareil photo en main, je feins de photographier les coulisses tout en me dirigeant discrètement vers la scène et les petites marches qui y mènent. La chance semble être de mon côté lorsque je vois Tia s'approcher, étant la prochaine à défiler. Je m'avance vers elle et lui explique brièvement mes intentions à voix basse en espérant qu'elle accepte de m'aider.

– Tia, tu dois me faire confiance. Si tu tiens à ta copine autant que moi, j'ai besoin que tu me laisses prendre ta place.

– Tu fais chier, Johnson, tu le sais ça ? Tu vas complètement bousiller le défilé et ma crédibilité avec ton idée à la con ! Mais tu as de la chance, je suis de bonne humeur et j'adore Blake. Alors on va dire que je ne t'ai jamais vu, d'autant qu'avec cette chaleur de dingue, je sens que je suis sur le point de tourner de l'œil. Je vais créer un beau bordel ici pendant que tu joueras tranquillement au joli cœur sur le devant de la scène !

Je lui adresse un sourire de remerciement en passant devant elle et ne peux m'empêcher de la prendre dans mes bras, mes panneaux à la main.

La tension est palpable tandis que je progresse sur le podium, la foule me détaillant avec curiosité, car un mec au milieu d'un défilé composé uniquement de mannequins féminins, ça fait un peu tache.

Bien que j'aie pris soin de revêtir une chemise sympa ouverte sur mon torse musclé afin de mettre toutes les chances de mon côté pour la faire craquer, mon corps tremble de nervosité, ma gorge s'assèche. À chacun de mes pas, je ressens une pression dans ma poitrine, mes membres tremblent et ma respiration s'accélère. Je suis submergé par des sueurs froides. Je me concentre alors sur la seule personne qui compte pour moi et dont le visage se décompose au fur et à mesure que je m'approche. Maintenant en face à elle, je retourne la première pancarte, révélant les premières phrases :

« Je pourrais passer la nuit avec plein d'autres filles. »

« Mais pour moi, une seule compte. »

« Alors laisse-moi te dire sans espoir et sans attente. »

« Juste parce que je veux te dire la vérité (parce qu'il n'y a pas qu'à Noël qu'on peut le faire) »

Blake semble surprise, mais continue de lire les affiches avec intérêt, les yeux brillants de larmes qui menacent de jaillir. Je poursuis en dévoilant les messages un par un :

« Pour moi, tu es parfaite. »

« Et mon cœur bousillé t'aimera jusqu'à ce que tu ressembles à ça : »

Par manque de temps, mon prochain panneau montre un dessin raté d'une momie, mais Blake, connaissant la référence, comprend mon croquis et les larmes coulent désormais librement sur ses joues, tandis que son rire aux éclats illumine son visage. Je sens ma respiration s'accélérer alors que je brandis le dernier panneau :

« Je t'aime, Dawson ».

L'agitation se lit dans ses expressions, entre la surprise, la joie et la tendresse. Des centaines de personnes applaudissent cette scène surréaliste et romantique, mais pour moi, il n'y a qu'elle et moi à cet instant. J'ai exprimé tout ce que je ressentais, sans retenue, me livrant à elle avec une sincérité sans pareille et en m'affichant devant tout ce petit monde. Dorénavant, c'est à elle de décider. J'accepterai son choix, quel qu'il soit, mais j'espère du fond du cœur qu'elle ressent la même chose pour moi.

Je descends du podium et me précipite vers elle, mon regard ne quittant pas le sien, espérant y déceler une lueur d'espoir. Quand mes bras l'enlacent, une chaleur réconfortante m'envahit, me donnant l'impression que tout ne peut qu'aller bien tant qu'elle est près de moi. Blake me fixe intensément, ses yeux brillants d'émotion. Son corps se détend contre le mien, tandis qu'un sourire timide étire ses lèvres.

– Quoi qu'il arrive et peu importe ce qui te tracasse, je t'aime Blake, et ensemble, nous serons capables d'affronter toutes les épreuves. Nous sommes plus forts à deux, ne l'oublie jamais. Mais si tu me laisses tomber, j'en crèverai, murmuré-je, mon souffle chaud caressant sa peau.

Sa main se pose doucement sur ma joue.

– Tu t'es souvenu de mon film préféré, Hayd, et c'est la plus belle déclaration qu'on pouvait me faire. Je n'ai jamais pensé à te laisser tomber, tu sais ? Mais bien que je t'aime, ce que je dois t'avouer risque de tout remettre en question, confesse-t-elle, tendue.

Mon cœur bat la chamade à ses paroles, l'inquiétude montant en moi. Incapable de supporter l'idée de la perdre, je l'interromps :

– Chut, embrasse-moi d'abord, j'en ai besoin.

Nos lèvres se rejoignent dans un baiser passionné, nos sentiments explosant dans cette étreinte. C'est un mélange de désir, d'amour, de peur et de soulagement. Je l'étreins pour la sentir tout contre moi, inspirant son odeur qui m'avait tant manquée. Le temps semble s'être arrêté autour de nous et nous nous égarons dans ce moment magique, savourant chaque seconde avec intensité.

Cependant, notre euphorie est de courte durée, car le service de sécurité nous interpelle et nous invite à quitter le défilé. D'ailleurs, je suis étonné qu'ils aient mis autant de temps à intervenir, mais Tia a sans doute mis la barre haute pour retenir l'attention aussi longtemps. Elle devrait aussi penser à une carrière d'actrice avec autant de talent.

Nous nous retrouvons alors sur la plage, ma main toujours fermement accrochée à la sienne, de peur qu'elle ne m'échappe une nouvelle fois. Je l'invite à s'asseoir sur le sable, face à la mer, et nous restons silencieux, l'atmosphère chargée de tension alors que j'attends que Blake révèle ce qui la rend si fébrile.

Elle inspire profondément et se tourne vers moi, ses iris mordorés ancrés dans le bleu azur des miens.

– Hayden, il faut que je te dise quelque chose, commence-t-elle d'une voix tremblante.

Je suis tout à coup si inquiet que mon cœur rate un battement. Je l'encourage d'une pression de la main, lui montrant que je suis prêt à tout entendre. Blake déglutit, fuit mon regard :

– Je… je suis enceinte, Hayd. De toi. Les cinq tests sur lesquels Tia m'a forcée à faire pipi sont formels. Et d'après mes calculs, ça correspond à notre séjour aux Bahamas, lâche-t-elle, quelque peu vacillante, une larme roulant sur sa joue.

Les paroles de Blake résonnent dans ma tête, me laissant sans voix pendant un moment.

Elle est enceinte.

La nouvelle me frappe comme une décharge électrique, mêlant la surprise à l'excitation et à l'appréhension.

Blake me scrute avec des yeux remplis d'interrogations, attendant anxieusement ma réaction. Je suis partagé entre la joie de devenir père et la crainte de ce que cela implique pour notre avenir. Nous sommes encore jeunes, notre relation est récente, et cette révélation chamboule tout. Je reste silencieux un moment, cherchant mes mots. Finalement, je prends doucement la main de Blake dans la mienne et la serre avec tendresse.

– Blake, c'est... c'est incroyable, balbutié-je, les émotions me submergeant. Je... je ne te cache pas que je suis terrifié, mais je suis prêt à affronter cela avec toi. Nous allons devenir parents, et je ne pourrais pas être plus heureux.

Elle secoue doucement la tête.

– Hayden, je crois que tu ne comprends pas. Ce n'est pas seulement une question de savoir si on s'aime ou non. Un bébé, ça change tout, c'est une responsabilité énorme, ça demande du temps et des sacrifices. Je suis persuadée que ça ne faisait pas partie de tes plans, d'autant que tu dois avoir envie de parcourir le monde ou je ne sais quoi d'autre avant qu'un gosse t'empêche de dormir la nuit. On ne vit même pas ensemble en plus ! Et si tu ne me supportes pas au quotidien ? Ou inversement ? On ne se connaît même pas, et un bébé n'arrangera rien du tout !

– Moi, je te connais, Blake Dawson ! Durant ces trois dernières années, j'ai appris à te connaître par cœur, tellement j'ai été attentif à tout ce qui faisait de toi cette personne exceptionnelle. Je devine tes inquiétudes, Blake, et crois-moi, moi aussi, j'ai la trouille. Mais ce dont je suis certain, c'est que je veux être à tes côtés chaque jour. Depuis le premier jour, j'ai su que tu étais celle avec qui je voudrais faire ma vie, et ce bébé est le plus beau cadeau que tu pouvais me faire. Construire un couple en commençant par être parents, ce n'est pas évident j'en ai conscience, et ça ne sera pas facile tous les jours, seulement, le destin en a voulu ainsi. Alors pourquoi ne pas lui laisser le bénéfice du doute et lui faire confiance ? Et quant à nos projets personnels, on les réalisera ensemble, avec notre enfant. Je ne veux pas te forcer à quoi que ce soit, Blake, mais sache que je serai là pour toi. Je serai toujours là pour toi et pour ce bébé. Si tu décides de nous donner une chance.

Je m'approche d'elle et pose doucement ma main sur sa joue.

– Alors, Blake Dawson, veux-tu de moi dans ta vie et veux-tu de cet enfant avec moi ?

Blake semble touchée. Elle me regarde avec surprise, ses yeux débordants d'affection. Ses lèvres tremblent légèrement alors qu'elle cherche ses mots pour répondre à ma déclaration.

– Je… Je m'attendais à ce que tu prennes tes jambes à ton cou, avoue-t-elle. Mais tu es là, face à moi. Tu es différent, Hayd, et je ne peux pas nier ce que je ressens pour toi. Je… Je crois que je t'aime, et sans toi à mes côtés, sans toi dans ma vie, j'ai l'impression qu'une sensation de vide m'oppresse. Un foutu vide que je ne parviendrai pas à combler. Et ce bébé… c'est une partie de toi, alors je l'aime déjà.

Elle essuie ses larmes d'un geste rapide et me fixe avec détermination.

– Même si j'ignore comment ça va se passer, je suis prête à essayer. Prête à donner une chance à notre relation, à notre famille. Je ne pensais pas devenir mère si jeune, mais si je dois l'être, je veux être celle de ton enfant, car de toute façon, je suis incapable de me passer de toi.

Son aveu me remplit d'une chaleur intense, et je ne peux m'empêcher de sourire malgré les inquiétudes qui persistent en moi. On est complètement dingues, mais tant que cette folie, c'est avec elle que je la partage, je suis disposé à tout affronter.

– On a plusieurs mois pour en profiter un max avant l'arrivée d'une prochaine furie, alors ne perdons plus de temps, Blake !

– Ou d'un petit mec aussi chiant que son père !

Je me jette sur ses lèvres et la serre si fort contre moi que nous ne faisons plus qu'un. Cette fille, je l'aime à en crever et l'idée d'avoir un enfant avec elle me fait réaliser à quel point je suis chanceux. C'est un rêve qui vient de se réaliser, après trois longues années où j'avais abandonné toute idée de trouver un amour aussi intense que celui que j'éprouve pour Blake.

Cupidon a finalement décidé de se pencher sur mon sort, et je savoure cet instant. Je sais que tout ne sera pas parfait, pourtant, je suis convaincu que nous serons en mesure de surmonter tous les obstacles qui se dresseront sur notre chemin. D'autant que le prochain ne sera pas des moindres, il paraît que ce n'est pas de tout repos de supporter une femme enceinte ! Mais pour Blake, je suis prêt à tout endurer.

Épilogue

– Hayden Johnson, je te préviens, regarde bien ce corps, car plus jamais, tu m'entends, plus JAMAIS tu ne le toucheras ! hurlé-je.

Je me laisse tomber sur la table, empoigne le matelas entre mes doigts à m'en faire blanchir les articulations tant la douleur me terrasse.

Bordel, ça fait un mal de chien !

– Blake, chérie, il faut que tu respires, m'encourage Hayden avec une douceur qui contraste foutrement avec mon irritabilité manifeste.

– Aarrghhhhhh !

J'attrape d'emblée sa main et la comprime dans la mienne jusqu'à ce que la vague de douleur s'atténue. Hayden fait bonne figure, dégage les cheveux que la sueur a collés sur mon front. Il dépose un baiser sur ma tempe – comme si cela était en mesure de m'apaiser, tiens ! – puis à l'audace de me souffler :

– Je sais que c'est douloureux, mais…

– Douloureux ? Douloureux ? le coupé-je en beuglant de

plus belle. Tu crois qu'avoir l'impression qu'on t'écartèle de l'intérieur, c'est juste douloureux ?! De toute façon, qu'est-ce que tu en sais, toi ? Pas d'utérus, pas d'avis[7], Hayd !

Un foutu sourire étire ses lèvres. Je viens de le pourrir, et le mec ne trouve rien d'autre que de m'offrir un putain de sourire !

– Blake, il faut encore pousser, intervient une voix féminine.

Je me tourne vers la femme vêtue d'une tunique rose bonbon qui a littéralement la tête entre mes cuisses.

– Parce que vous pensez que je suis en train de tricoter un pull, peut-être ? Sortez-moi ce truc de là !

Je crois surprendre une expression offusquée passer sur le visage de la gynécologue, cependant, je ne peux pas l'affirmer, car une putain de contraction décide de me broyer l'ensemble du corps. J'ai signé pour mettre un bébé au monde, pas pour avoir l'impression de passer sous un camion toutes les trente secondes !

– Euh, ce « truc », c'est de notre bébé que tu parles, ou j'ai mal entendu ? s'enquiert Hayden.

J'ignore son air de mijaurée, et rétorque tant bien que mal, les mâchoires contractées pour tenter de gérer la vague de souffrance qui va me submerger d'une seconde à l'autre :

– Bébé, truc, alien, c'est du pareil au même ! Quoi que, alien ça convient drôlement bien à ce petit être qui a colonisé mon utérus sans le moindre scrupule !

– Tu sais quoi, Blake ? Maintenant j'en suis sûr : ce sera une fille !

Avec Hayden, nous avons décidé de garder la surprise du sexe du bébé jusqu'au bout. Non, en réalité, durant les premiers mois de grossesse, je trépignais tant d'impatience à

---

7 - Célèbre réplique (dégoulinant de bon sens) de Rachel à Ross dans la série télévisée *Friends*.

l'idée d'avoir un mini moi qu'il n'a eu de cesse de me répéter que je serais incapable d'attendre jusqu'au jour de l'accouchement pour enfin connaître la réponse. Bien entendu, ma foutue fierté m'a poussée à lui donner tort. Et je vous avoue que cela s'est avéré une véritable torture. Alors la seule raison pour laquelle je ne lui rabats pas son caquet, c'est parce qu'une contraction surpuissante – *level* de douleur équivalent celle du petit orteil se cognant dans le coin d'un meuble puissance un milliard – m'ébranle.

– Vous y êtes presque, Blake ! s'écrie la gynéco. La tête est sortie !

Je sens mes joues devenir exsangues à la seconde où l'image de mon vagin déformé par une chose d'un diamètre d'une dizaine de centimètres s'impose dans mon esprit. Je vous jure que si on nous mettait au parfum de tout ce qui se passe réellement lors de l'accouchement, le taux de natalité mondial chuterait drastiquement, croyez-moi !

Mais à l'instant où je croise le regard empli d'émerveillement de Hayden à l'idée de bientôt rencontrer notre enfant, tout s'envole. La fatigue, la colère, la douleur. Il n'y a plus que lui dans cette pièce, sa main qui tient la mienne, son front posé sur le mien, sa voix qui me murmure des mots qui se fichent directement dans mon cœur. Alors dans un ultime effort qui semble dérober mes dernières forces, je pousse, avant de m'effondrer en larmes.

Je suis secouée par d'innombrables sanglots qui ne se tarissent pas, tandis que Hayden me maintient contre lui à m'en couper la respiration, embrassant le sommet de mon crâne.

Est-ce que j'y suis arrivée ? Je n'en sais foutrement rien jusqu'à ce que je sente un poids reposer au creux de mes bras.

– Félicitations, Blake, c'est une fille, annonce la médecin.

Mes yeux papillonnent quelques secondes avant de se baisser vers la petite chose qui braille contre ma poitrine et… *Bam.*

Croyez-vous au coup de foudre ? À l'amour inconditionnel qui se crée en moins d'une fraction de seconde d'une façon irréversible ?

Lorsque je croise les iris au bleu incroyable du nourrisson qui me dévisage, c'est exactement ce que j'éprouve. Un amour si fort que mon cœur paraît incapable de contenir le bonheur incommensurable qui m'envahit.

C'est si étrange et grisant à la fois… Je tiens ma fille entre mes bras.

Ma fille.

– Elle est magnifique, chuchote Hayden en effleurant la joue de notre bébé du bout des doigts.

Notre bébé.

– Elle est parfaite.

– Comme sa mère, réplique-t-il en déposant un baiser chaste sur mes lèvres.

Un sourire béat éclaire mon visage. Il y a un an en arrière, jamais je n'aurais pu imaginer que ma vie prenne une telle tournure. Il n'aura fallu qu'une décision, que mon ex ne franchisse pas le seuil de l'église dans laquelle il devait me rejoindre, pour que mon destin s'enclenche. Certains diront que c'est le hasard, qu'une succession de coïncidences, qui nous ont conduits là où nous en sommes aujourd'hui, mais moi, je crois en quelque chose de bien plus grand et bien plus fort que ça.

Oui, Hayden et moi, cela relève du destin, il ne peut en être autrement.

Je me souviens encore dans les moindres détails du premier baiser que nous avons échangé, dans cet avion, quand je n'ai pas trouvé d'autre moyen de calmer sa crise de panique, puis de celui dans la grotte sous-marine, celui qui a tout changé pour moi. Et je le revois encore clairement dans mon esprit débarquer devant moi, sur ce podium à Miami, à rejouer une scène de mon film préféré en faisant défiler ses pancartes, et je pense que c'est à cet instant que j'ai compris que la vie aux côtés de Hayden serait plus épique et plus belle que n'importe quelle comédie romantique.

Et même plus que Love Actually, c'est pour dire !

Je reporte mon attention sur l'adorable petit ange qui ne m'a pas quitté du regard. La petite touffe qui trône sur son crâne est d'une teinte similaire aux cheveux de Hayden, ses yeux, n'en parlons même pas, un turquoise soutenu semblable à celui de l'océan, et… Je penche la tête sur le côté, détaille avec insistance mon bébé. Plus les secondes s'égrènent et plus je remarque que la ressemblance avec son père est frappante.

Non, en réalité, c'est le portrait craché de son père ! J'avais demandé un mini moi il me semble, pas un Hayden miniature au féminin !

Et ce qu'il se produit est complètement débile. Je suis en train de chialer toutes les larmes de mon corps pour la simple raison que le fruit de mes entrailles a visiblement décidé de piocher plus que de raison dans les gènes de son géniteur.

Putains d'hormones !

– Blake ! s'exclame-t-il, une pointe d'inquiétude dans la voix. Chérie, tout va bien ?

Je renifle sans aucune élégance, m'essuie les paupières d'un geste rageur.

– Nan, ça va pas. Comment ça pourrait aller alors que je suis certaine qu'on me demandera mon permis de conduire pour récupérer ma propre fille à l'école ?! Non, mais regarde-nous ! Tu trouves que Natalie me ressemble, peut-être ?! Je n'en ai pas chié pendant 9 mois pour qu'elle soit ta copie conforme !

Hayden me fixe avec des yeux ronds, avant d'éclater de rire et d'effacer du pouce le sillon de larmes sur ma joue.

– Natalie ? répète-t-il, un chouia surpris, en arquant un sourcil.

Oups. Je me rappelle soudain que nous n'étions pas parvenus à tomber d'accord sur un quelconque prénom.

– C'est… joli, non ? tenté-je en battant des cils pour l'amadouer.

– Et on peut savoir d'où tu le sors, ce prénom ? Attends, reprend-il aussi sec, je parie qu'il vient de *Love Actually*. La nana qui jure comme un charretier, hein ?

Démasquée. Je ne m'étonne même pas qu'il s'en soit souvenu. Durant toute la grossesse, Hayden a été adorable au point de supporter mes visionnages intempestifs de ce film sans broncher, même quand je vantais les mérites de cette héroïne particulière au langage quelque peu… grossier.

– Alors ?

– Va pour Natalie, répond-il, avec un foutu sourire imprimé sur les lèvres et qui ne me dit rien qui vaille. Mais tu me devras une faveur en échange.

Et voilà. Mon flair ne m'avait pas trompée.

– Tout ce que tu voudras, soupiré-je.

Son sourire s'élargit davantage encore. Il nous abandonne un bref instant pour récupérer quelque chose dans la poche intérieure de sa veste avant de nous rejoindre avec une petite boîte de velours entre les mains, et ce n'est qu'au moment où il ouvre l'écrin que je saisis de quoi il retourne. Je demeure interdite en découvrant un anneau en or blanc, orné de ce que je suppose être un magnifique diamant en son centre.

Merde. Est-ce bien ce que je crois ?

J'ai cessé de compter le nombre de fois où Hayden a essayé de mettre le sujet du mariage sur le tapis, et au vu de ma déplorable expérience en la matière, je me suis toujours arrangée pour éluder. Mais là, tout de suite, je ne dispose plus d'aucune échappatoire. Et en y songeant bien, Hayden et moi sommes désormais liés pour la vie, de la plus belle manière qui soit. J'ai survécu à un accouchement, alors porter une minuscule alliance de rien du tout au doigt ne devrait pas me tuer, non ?

– Hayden Johnson, épouse-moi, lancé-je subitement en lui coupant l'herbe sous le pied.

Hayden, le père de ma fille, me dévisage avec surprise. Il écarquille les yeux et si le moment n'était pas aussi intense, je pense que je me moquerais de lui. Ai-je bousillé sa demande en mariage ? Probablement, pourtant, passé la stupéfaction, Hayden éclate de rire et m'embrasse avec une telle passion qu'une nuée de papillons s'envolent au creux de mon ventre.

– C'est dingue comme je t'aime, Blake Dawson.

Je souris comme une gosse. Je crois bien qu'il vient d'accepter de supporter mon caractère de merde pour le restant de ses jours.

Responsable éditoriale : Amandine Schmit
Éditrice : Lou Ledrut
Composition et mise en page : Thibault Beneytou
Illustrations intérieures : © Shutterstock
Conception graphique de la couverture : Keti Spirkoska
Illustration de couverture : © Shutterstock

Dépôt légal : juin 2023

Printed in France by Amazon
Brétigny-sur-Orge, FR

12628154R00148